LES MALHEURS

D'UN

BACHELIER

PAR

JEAN GRANGE

TOURS

ALFRED MAME ET FILS

ÉDITEURS

BIBLIOTHÈQUE DE LA JEUNESSE CHRÉTIENNE. — 1ᵉ SÉRIE.

Tours. — Impr. Mame.

BIBLIOTHÈQUE

DE LA

JEUNESSE CHRÉTIENNE

APPROUVÉE

PAR Mgr. L'ARCHEVÊQUE DE TOURS

———

4ᵉ SÉRIE IN-12

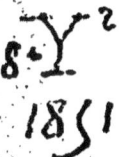

Il s'éteignit doucement trois jours après.

LES MALHEURS

D'UN

BACHELIER

PAR

JEAN GRANGE

TOURS

ALFRED MAME ET FILS, ÉDITEURS

M DCCC LXXVIII

INTRODUCTION

—

La maison abritait cent personnes au moins; je ne l'habitais que depuis trois mois, et j'étais retenu dans mon cabinet par un travail fort absorbant : il n'est donc pas étonnant que je ne connusse guère que la portière.

Un samedi soir, j'aperçus Mme Taboury, appuyée sur son balai et en conversation réglée avec Mme Levasseur, la fruitière d'en face.

« Je vous assure, ma chère dame, disait la portière, que ce pauvre malade est un vrai saint. Il a toujours payé son terme à l'échéance (Dieu sait au prix de quelles privations) ; mais il y eût mis du retard que j'aurais dit à M. Dubois : Patientez,

Monsieur, patientez ; on n'a pas toujours un saint pour locataire. La présence d'une si belle âme porte bonheur à une maison.

« Voyez-vous, madame Levasseur, il se ferait des miracles sur son tombeau que je n'en serais pas étonnée ; non, je n'en serais pas étonnée. »

Le lendemain, je rencontrai sur mon palier une religieuse garde-malade qui causait avec une jeune dame qui devait habiter le second.

« Comment va votre malade, ma sœur? disait la jeune dame.

— Hélas! de mal en pis. Je ne crois pas qu'il dépasse la fin du mois. C'est dommage que de pareils chrétiens quittent sitôt la terre. M. l'abbé Deslions assure que c'est un savant. Pour moi, j'admire sa sainteté. Quelle résignation! C'est le laïque le plus pieux que j'aie soigné de ma vie. »

Ceci commençait à piquer ma curiosité.

La sainteté ne court pas tellement les rues de nos jours qu'on ne soit bien aise de faire sa connaissance.

Je laissai ma porte entre-bâillée, et lorsque, au bout d'une heure, je vis remonter la religieuse, j'allai à elle, et je lui demandai si je ne serais pas indiscret en faisant à son malade une courte visite.

« Je ne pense pas, dit-elle.

— Alors, ma sœur, veuillez me montrer le chemin et m'introduire, je vous prie. »

Nous montâmes ensemble au septième et dernier étage de la maison.

Lorsque nous fûmes arrivés devant une petite porte disjointe et vermoulue, la religieuse me fit signe d'attendre. Elle frappa, entra, et revint au bout de quelques minutes.

« M. Robert, dit-elle, est bien sensible à votre charité. Il recevra votre visite avec reconnaissance. »

J'entrai.

La chambre, grossièrement carrelée, recevait du jour par une seule ouverture, qui était plutôt une lucarne qu'une fenêtre. Elle était si immédiatement placée sous les toits qu'à travers le plafond, s'écaillant par places, on pouvait apercevoir les chevrons et les solives de la couverture. Pas de papier aux murailles. Pour ameublement un vieux fauteuil, deux chaises, un poêle en fonte, un bureau couvert de quelques livres et un lit de fer sans rideaux.

Dans le lit était couché un homme qui me parut avoir environ quarante ans. La figure, pâlie et amaigrie par la souffrance, respirait l'intelligence et surtout la résignation et la douceur.

Je m'approchai de M. Robert, et je lui dis en quelques mots que, habitant la même maison que lui, et ayant appris qu'il était malade, je venais le voir sans cérémonie, de voisin à voisin, ou mieux de chrétien à chrétien.

Il sourit, me remercia, et ses regards se portèrent vers le vieux fauteuil. Je m'assis quelques instants, et je ne tardai pas à me retirer, après avoir demandé et obtenu la permission de revenir.

« Ma sœur, dis-je le lendemain à la religieuse, j'ai coutume de distribuer chaque mois une petite somme aux pauvres. Je l'ai encore : faites-moi le plaisir de l'accepter pour votre malade, en me gardant le secret, bien entendu.

— J'ai reçu, répondit-elle, de M. l'abbé

Deslions assez d'argent pour pouvoir subvenir pendant quinze jours encore aux besoins de mon malade. Je ne vous en remercie pas moins en son nom, et j'aurai recours à votre bourse si la maladie se prolonge. En attendant, vous pourriez rendre à M. Robert un vrai service.

— Et comment, ma sœur?

— En lui faisant chaque jour une courte lecture. Il a sous son chevet trois ou quatre petits livres écrits en latin, et dans lesquels il essaie de lire sans y parvenir, à cause de la faiblesse de sa vue. »

La religieuse avait deviné juste. Tout pieux qu'il était, le pauvre malade trouvait les journées longues. Il accepta avec empressement ma proposition, et étala sur la couverture de son lit quatre charmants elzévirs : *Les Évangiles, l'Imitation, Virgile et Dante.* Mon voisin était un littérateur et un latiniste de première force. Je m'en aperçus aux réflexions très-courtes, mais pleines de science et d'originalité, qu'il émettait à mi-voix à la fin de mes lectures.

Cependant, ses forces allaient diminuant

chaque jour. Il reçut les derniers sacrements avec une piété qui toucha jusqu'aux larmes le prêtre, la religieuse, la vieille portière et moi.

J'allai le voir le lendemain, et je me disposais à lui lire un passage de Virgile, lorsqu'il m'arrêta en disant :

« Non, c'est une lecture trop profane pour un mourant. Ayez, je vous prie, la charité de me lire un chapitre de l'Évangile selon saint Jean. »

A la fin de cette lecture, il me remercia avec plus de vivacité que de coutume; puis il ajouta :

« J'ai un pressentiment que la nuit sera mauvaise. Peut-être ne nous reverrons-nous plus. Faites-moi l'amitié d'être mon exécuteur testamentaire. Je vous donne mon Dante, puisque vous savez l'italien; Virgile sera pour M. l'abbé Deslions : ayez la bonté de le lui remettre vous-même de ma part. Vous donnerez l'Évangile à la bonne sœur, et l'Imitation à la portière. Voilà, je crois, ma fortune distribuée. Ah! j'oubliais, continua-t-il : veuillez chercher dans le tiroir de mon bureau; vous y trou-

verez un manuscrit. Prenez-le, et disposez-
en à votre gré. »

J'essayai de persuader à M. Robert qu'il
s'exagérait le danger de sa situation. Il
insista, et je fus obligé d'emporter les livres
et le manuscrit.

Je recommandai à la garde-malade qui
le veillait pendant la nuit de venir frapper
à ma porte si elle remarquait les signes
avant-coureurs de l'agonie. Elle me le promit ; mais le malade s'éteignit si prompte-
ment que la bonne femme n'eut pas le
temps de m'avertir. Le lendemain, je trou-
vai le pauvre latiniste mort.

Il m'a semblé que son manuscrit pouvait
offrir de l'intérêt et de l'utilité. On va donc
lire : *Les Malheurs d'un bachelier*. Ce titre
seul est de moi, ainsi que l'énoncé des chapitres : tout le reste appartient à M. Robert.

LES MALHEURS
D'UN BACHELIER

CHAPITRE I

Mon journal. — Mes années d'enfance.

.... 18 *août* 1868. La chaleur est accablante. Ma chambre est une vraie fournaise. Il me faudrait aller jusqu'au jardin du Luxembourg pour respirer un peu. Quoique je n'en sois qu'à dix minutes de distance, c'est trop loin. J'ai cru hier que j'allais me trouver mal en montant l'escalier. Il est vrai que cent cinquante marches c'est roide pour un convalescent; car je ne suis que convalescent, et non guéri : le docteur Vaubernier me le répétait hier. Quel excellent homme que ce médecin! J'ai eu beau insister : il a refusé

toute espèce d'honoraires. Il aura deviné
que ma prétendue gêne est une bonne
pauvreté fort voisine de l'extrême misère.
Il me reste 100 francs. Avec beaucoup d'é-
conomie et de privations c'est assez pour
atteindre l'heure où mes forces seront tout
à fait revenues. Oui; mais, si je me prive
trop, les forces ne reviendront pas. Je crois
que je tourne dans un cercle vicieux. A la
garde de Dieu! N'y pensons plus, et es-
sayons de dormir. « Qui dort dîne, » c'est
un dicton de mon pays, et de tous les pays
sans doute, inventé par quelque pauvre
diable qui avait plus d'appétit que d'envie
de dormir.

21 *août*. Je vais beaucoup mieux. Quel
dommage que le beefteak et les côtelettes
de mouton coûtent si cher! Pour aujour-
d'hui, je me contenterai d'un bon bouil-
lon, et celui que me procure ma portière
est excellent.

22 *août*, 10 *heures du matin*. L'orage
d'hier a amené une pluie fine que tamisent
des brouillards gris comme ceux de l'hiver.
La tristesse me gagne. Il y a quinze ans,
j'ai perdu ma mère à pareil jour. J'ai bien

prié pour elle ce matin. Ce n'est pas assez, et il faut absolument que j'aille entendre la messe à son intention à Saint-Sulpice. Pauvre mère! elle me voit certainement du haut du ciel, elle qui avait rêvé pour son Robert un avenir si brillant! Qu'importent les misères du voyage, pourvu que j'arrive comme elle au but?

22 *août*, 2 *heures*. Mon petit pèlerinage ne m'a pas trop fatigué, et la prière faite dans la maison de Dieu m'a rasséréné et réconforté. Je n'ai jamais pu comprendre qu'on pût vivre sans prier. « La prière est la respiration de l'âme. » Qui a dit cela? Je crois que c'est saint Augustin ; mais je n'en suis pas sûr. Lorsqu'on est jeune, riche, bien portant, peut-être est-il possible d'oublier Dieu quelque temps. Mais les pauvres, les malades, les délaissés, comment font-ils? Ils blasphèment sans doute. Merci, mon Dieu, de m'avoir, au milieu des malheurs de ma vie, conservé la foi !

23 *août*. Décidément je vais bien. La tête est libre, et, sans les jambes qui faiblissent au bout de cinq minutes de marche, je crois que je pourrais reprendre mes

leçons de latin et d'italien, des leçons peu
nombreuses et peu payées. Elles sont pourtant mon gagne-pain, et elles m'ont bien
manqué pendant ma maladie.

Que vais-je faire pendant les huit jours
de repos que le docteur juge nécessaires à
ma guérison complète? L'oisiveté absolue
m'est insupportable. Si j'essayais de me
raconter à moi-même ma vie passée? Au
fait, pourquoi pas? La composition de ces
humbles mémoires m'occuperait sans me
fatiguer; car je compte n'y mettre aucune
littérature, et encore moins de rhétorique.
C'est une affaire décidée. Dès demain je
commence mes mémoires.

24 *août.* Je suis né dans le département
de la Creuse, il y aura bientôt quarante
ans. Mes parents étaient de pauvres meu-
niers qui tenaient à bail un moulin rustique et quelques arpents de prairie. Lorsqu'ils avaient payé l'impôt, le fermage,
leur valet, et nourri les deux ânes et le
mulet qui allaient chercher le blé chez les
campagnards et le rapportaient transformé
en farine, les Robert, ainsi qu'on les appelait dans le pays, s'estimaient heureux d'a-

voir vécu et de ne devoir rien à personne.

Quant à faire les plus légères économies, il n'y fallait pas songer ; deux obstacles s'y opposaient : la pluie et la sécheresse.

La petite rivière nommée la *Seille,* qui faisait tourner la roue du moulin, grossissait à peu près tous les hivers, et ne rentrait pas dans son lit sans avoir fait des dégâts et des dommages dont, aux clauses du bail, la réparation était à la charge de mes parents.

Tantôt une partie de l'écluse était emportée ; tantôt les deux petites prairies riveraines s'encombraient de sables et de galets qui compromettaient la récolte du foin. Quelquefois la Seille avait des accès de colère terribles : elle pénétrait dans le moulin et le transformait en étang, ou plutôt en bourbier. Un hiver, mon père, ma mère et leur valet furent obligés de se réfugier sur la toiture, où ils m'emportèrent endormi dans mon berceau.

Ce grand événement avait laissé chez eux de durables souvenirs. Je n'ai entendu parler que de cela dans mon enfance. Jusqu'à onze ou douze ans, l'inondation de la Seille m'a aidé à comprendre le déluge universel raconté dans mon Histoire sainte.

L'été c'était pire encore. La petite rivière devenait un filet d'eau incapable de faire tourner la roue du moulin. Il fallait aller à deux lieues porter le blé à la « minoterie » placée sur le *Taurion,* une rivière assez considérable que les chaleurs de l'été ne tarissaient pas comme l'humble Seille.

Le « minotier » prélevait, bien entendu, la moitié de la mouture, et il ne restait guère que la peine à mes pauvres parents.

J'étais fils unique et de chétive santé, aussi n'aidais-je nullement au moulin pendant les heures nombreuses qui n'étaient pas occupées par l'école du village.

On me confiait pourtant deux tâches faciles, et qui allaient à mes goûts tranquilles et sédentaires : j'étais chargé de surveiller les poules et les abeilles.

Ceci demande une explication et même deux.

Les paysans de la Creuse émigrent à peu

près tous, les semailles faites, vers Paris ou
vers Lyon, et il ne reste guère dans nos cam-
pagnes que les vieillards, les femmes, les
invalides et les enfants. Les récoltes pous-
sent donc à la grâce de Dieu, faute de bras
pour les biner et les sarcler. Presque toujours la moisson est mêlée d'ivraie et de
folles herbes, que le battage et le vannage
rustiques ne séparent que très-insuffisam-
ment du bon grain. Il faut que le meunier
lave ce blé avant de le moudre. Le blé lavé
est étendu pour sécher sur de grandes
pièces de toile, qu'il faut garder contre les
poules, les canards et les pigeons élevés
dans la basse-cour du moulin.

Telle était une de mes occupations.

Comme j'ai toujours aimé la lecture, je
lisais en gardant mon blé mouillé, et, pour
éviter de me déranger, j'avais rempli un
panier de petits cailloux que je lançais aux
poules qui s'obstinaient à venir picorer le
grain d'autrui.

Ces bestioles me donnaient du mal. Il y
avait surtout un vieux coq, lequel était
bien le plus effronté maraudeur que j'aie
vu de ma vie. Un jour qu'il persistait à ne

pas quitter le théâtre de ses déprédations,
je lui lançai mon caillou avec tant d'a-
dresse que je l'atteignis à la tête, et le tuai
roide. Nous le mangeâmes le dimanche
suivant, et je me souviens que, quoiqu'il
eût bouilli six heures de temps dans une
marmite placée sur un gros feu, il resta
coriace en diable.

Depuis cet exploit je me comparais vo-
lontiers au berger David, vainqueur de
Goliath le Philistin.

Parlons maintenant de la garde des
abeilles.

Les champs voisins du moulin de la Rochecave (c'était son nom) étaient couverts
de blés noirs, dont les abeilles sont frian-
des. Mes parents possédaient trois douzaines de ruches, qui donnaient le miel
le plus parfumé et la plus belle cire de
l'arrondissement. Ils en étaient très-fiers.

Vers le mois d'août, je crois, il arrivait
que les essaims quittaient la ruche pour
aller chercher fortune ailleurs. J'avais
ordre de veiller, et d'avertir mes parents
de ce grave événement. Il était rare que
chaque année sept ou huit émigrations ne

fussent signalées par mes cris. Aussitôt mon père, ma mère, le valet et moi nous nous armions de casseroles, de chaudrons, de bêches, de faux, et nous faisions sur ces corps sonores, avec des clefs et des marteaux, un tel bruit que les abeilles abasourdies s'arrêtaient et allaient se fixer, sous la forme d'une grosse grappe, sur quelque arbre ou buisson voisin du moulin. Nous accourions, nous surmontions la grappe d'une ruche neuve frottée de miel, et notre collection comptait un nouvel essaim.

Un jour, un de ces essaims franchit non-seulement l'enclos et la prairie du moulin, mais le lit de la Seille, et s'envola en bourdonnant à travers la campagne.

Je le suivis longtemps jusqu'à la limite d'un bois, où je le perdis. J'aurais pu me comparer au pasteur Aristée des Géorgiques de Virgile ; heureusement je ne savais pas encore le latin, et je n'étais qu'un petit paysan ignorant.

La Seille formait, en face de notre moulin, un petit îlot de cinq à six mètres de large sur une douzaine de mètres de long.

Cette langue de terre, couverte d'arbres,
d'arbustes, de folles herbes de la végéta-
tion la plus luxuriante, ressemblait à une
forêt vierge en miniature. J'y passais, l'été,
toutes les heures que je dérobais à la classe.
Je crois que tous les geais, les merles, les
pinsons et les sansonnets de la création
s'étaient donné là rendez-vous. Vous au-
riez dit une grande volière sans fenêtre,
ni porte, ni toiture. Que de livres j'ai lus en
cet endroit, tantôt couché dans l'herbe,
tantôt, pour varier mes plaisirs, juché sur
un chêne entre les branches duquel je
m'étais pratiqué une espèce de guérite
très-solide, quoique aérienne !

Parfois le livre m'échappait, et le som-
meil me gagnait. Je dormais sans scru-
pule, et comme un homme dont le temps
n'est guère précieux, jusqu'à ce que je
fusse éveillé par les cris de ma mère, le
tic-tac du moulin ou la piqûre de quelque
fourmi ; car les fourmis s'obstinaient à in-
fester mon île, quoique cent fois j'eusse
dispersé d'un coup de pied leurs maisons
et leurs magasins.

Jours fortunés de mon enfance, votre

souvenir reflète sur mon âge mûr, qui
sera sitôt pour moi la vieillesse, je ne sais
quelle poésie et quelle fraîcheur qui me
font oublier mes maux et bénir la Providence de la part de bonheur qu'elle m'a
donnée en ce monde.

CHAPITRE II

Grand triomphe et décision importante.

Je n'ai jamais bien su pourquoi les meu-
niers, du moins ceux de mon pays na-
tal, ont choisi saint Martin pour patron.
Ce qui est sûr, c'est que le 11 novembre,
fête de l'illustre évêque de Tours, était
une grande date pour l'humble moulin de
la Rochecave. Mes parents, le valet et moi,
nous prenions nos plus beaux habits, et
allions entendre la messe à l'église de la
paroisse. Le reste du jour n'était pas trop
long pour les préparatifs du dîner, qui
avait lieu le soir. La basse-cour était dé-
vastée ; le four, situé au-dessus de l'âtre

f*

de la cuisine, suffisait à peine à contenir
les oies, canards, poulets, tourtes aux
pigeons et gâteaux qu'on lui donnait à
cuire.

Depuis que le moulin de la Rochecave
existait, le meunier avait coutume d'inviter
au repas de la Saint-Martin ses douze principaux clients, c'est-à-dire ceux qui avaient
envoyé dans le cours de l'année le plus de
sacs de blé à moudre.

Ce vieil usage était devenu une espèce
de droit qu'il n'aurait pas été prudent de
violer.

Dès le commencement de novembre,
mon père et ma mère examinaient avec
soin les titres de leurs pratiques. Puis, la
liste dressée et close, mon père montait
sur le mulet, et s'en allait de village en
village et de porte en porte avertir les
douze élus.

Le dîner commençait et finissait par la
prière. Dire qu'on ne mangeait pas et
qu'on ne buvait pas prodigieusement serait
mentir. Et néanmoins je n'ai jamais vu
aucun des convives s'enivrer, ni jurer, ni
prononcer des paroles malséantes. La foi

chrétienne et l'honnêteté des mœurs tenaient lieu à ces braves gens d'instruction
et d'éducation. Une seule fois notre valet,
qui était jeune et nouveau venu, s'oublia.
Ça ne lui arriva pas l'année suivante, car
mon père, à cause de cette faute, le congé-
dia, quoiqu'il fût content de ses services.

Le festin de l'année 1840 vit un convive
inattendu, puisqu'il n'était ni notre parent
ni une de nos meilleures pratiques. Nous
étions occupés, mon père et moi, à dresser
la table dans la cuisine servant de salle à
manger, lorsque le maître d'école entra sans
frapper dans la maison.

« Soyez le bienvenu, monsieur l'instituteur, dit mon père.

— Ah! mon Dieu! s'écria le père Lolive
en apercevant toutes les victuailles et les
bouteilles, quel étourdi je suis! J'oubliais
que c'est aujourd'hui la Saint-Martin. Ex-
cusez-moi, monsieur Robert, je reviendrai
demain, car j'ai une heureuse nouvelle à
vous annoncer, oui, une heureuse nouvelle,
je puis le dire.

— Restez, monsieur l'instituteur, restez,
répondit mon père avec sa politesse rus-

tique ; lorsqu'il y en a pour dix-neuf, il y
en a pour vingt. Vous nous ferez honneur
et plaisir en partageant notre dîner. »

Le père Lolive se fit un peu prier; mais
c'était pour la forme, et j'ai toujours soupçonné l'excellent homme de savoir très-
bien ce qu'il faisait en entrant au moulin
à pareil jour et à pareille heure.

Il y avait longtemps qu'on jouait de la
fourchette lorsque le maître d'école se décida à annoncer ce qu'il appelait l'heureuse
nouvelle.

Il le fit en termes trop choisis pour ne
pas avoir été préparés. Il se pourrait même
que son petit discours eût été écrit et appris
par cœur. Quoi qu'il en soit, il flatta si fort
mon amour-propre d'enfant que je l'ai retenu tout entier.

« Mes chers amis, dit-il, il y a vingt-
cinq ans, vous le savez, que j'exerce dans
cette commune les honorables, mais péni-
bles fonctions d'instituteur. Je puis dire que
je n'ai épargné ni mon temps, ni ma peine,
ni mes veilles, ni mes sueurs. Aussi ai-je
la satisfaction de voir plusieurs de mes anciens élèves occuper dans les divers rangs

de la société des places distinguées ou lu-
cratives. M. le maire a été mon élève;
M. Sagnardon, huissier-audiencier à Saint-
Gilles, s'est assis trois années sur les bancs
de ma modeste école, et il a la franchise de
reconnaître que c'est à moi qu'il doit la
belle écriture et l'orthographe irréprocha-
ble qui caractérisent ses exploits et assi-
gnations. Le fils des Lenoir, Jean-Baptiste,
aujourd'hui lieutenant au cinquième dra-
gons, a été mon principal moniteur. Il se
destinait même à l'instruction publique,
dont il eût été une des colonnes et des
lumières, lorsque la Providence l'appela
à des fonctions plus brillantes, sinon plus
utiles.

« Je pourrais citer d'autres noms et
d'autres exemples : que ceux-là suffisent.
Or je dois dire, pour rendre hommage à
la vérité, qu'aucun de ces élèves n'a montré, entre douze et treize ans, autant de
science qu'en possède actuellement le jeune
Pierre Robert, ici présent. »

A cet endroit de son discours, le maître
d'école se leva et, se tournant vers mon
père et ma mère :

« Parents vertueux, dit-il d'une voix émue, je vous remets votre enfant. Il en sait autant que moi, et je n'ai plus rien à lui apprendre. »

Puis, s'adressant à moi, et me montrant à travers la fenêtre fermée la Seille et ses bords : « Va! mon fils, s'écria-t-il d'un ton et d'un geste tragiques, va! la Macédoine ne peut plus te contenir. »

Ce dernier trait, le plus beau du discours, ne fut compris que de moi, parce que j'étais le seul qui eût lu l'histoire d'Alexandre le Grand.

Il est plus facile d'imaginer que de décrire la joie de mes pauvres parents. Ma mère pleurait; mon père alla embrasser l'instituteur; je passai entre les bras de tous les convives, qui me comblèrent de compliments et de caresses.

L'arrivée d'une bouteille de cassis fit heureusement diversion à mon triomphe. Il était temps! j'allais étouffer.

En affirmant qu'il n'avait plus rien à m'apprendre, le vieux maître d'école n'exagérait guère. Sa science se bornait à la lecture, à l'écriture, à l'orthographe et au calcul élémentaire : il m'avait, en effet, appris tout cela.

Quels beaux rêves les habitants du moulin firent cette nuit, le lendemain et les jours suivants! Jusqu'où n'irait pas un écolier de treize ans qui en savait autant qu'un instituteur! Mon père me voyait déjà vétérinaire, ou huissier, ou médecin. Sans doute il fallait de l'argent pour arriver à ces professions brillantes; mais on en trouverait, dût-on se saigner aux quatre veines.

Un frère de ma mère, qui était mon parrain et homme de sens, ayant voulu calmer ces folles ambitions, fut très-mal reçu; et si ma mère ne lui dit pas que c'était la jalousie qui le faisait parler, je crains bien que l'excellente femme ne l'ait pensé malgré elle.

Le fait est que mon cousin-germain, Baptiste Simonnet, d'un an plus âgé que moi, était constamment à la queue de la classe dont je tenais la tête.

Il est actuellement gros fermier, agriculteur intelligent et adjoint au maire de sa commune. Il ne voudrait pas loger ses domestiques dans le galetas que j'habite.

Cet exemple et tant d'autres n'empêche-
ront pas, je le sais bien, de répéter que
l'instruction mène à tout.

Mon parrain aurait voulu qu'on m'en-
voyât un an à l'école des chers frères de la
ville voisine, et puis qu'on me plaçât chez
le riche minotier possédant une usine sur
le *Taurion*. C'était un homme qui aimait
mes parents, et qui saurait utiliser mes
capacités.

Ce conseil très-sage fut écarté tout de
suite.

« Je n'étais pas assez robuste, préten-
dirent mes parents : un minotier n'était
après tout qu'un meunier, etc. etc. »

Le propriétaire du moulin tenu à bail
par mon père opinait pour qu'on me plaçât pendant dix-huit mois ou deux ans
dans une pension spéciale qui préparait les
candidats aux écoles d'Angers et d'Alfort.

Ce projet, un peu risqué et coûteux,
mais sensé encore et pratique, aurait probablement été adopté sans un vieux notaire, notre voisin, qui ouvrit l'avis malheureux de m'envoyer au collége apprendre
le latin.

« Le petit, dit-il, aura terminé ses études en six ans, et sera reçu bachelier haut la main. Une fois bachelier, toutes les carrières lui sont ouvertes. »

Je n'en veux point à M. Gandois, qui avait d'excellentes intentions; mais je plains ses clients s'il n'a pas mis plus de prudence dans la gestion de leurs affaires qu'il n'en montrait en cette occasion.

Quoi qu'il en soit, mes parents s'engouèrent de l'idée de collége et de latin. En attendant l'ouverture des classes, on m'acheta un rudiment, et j'allai apprendre à décliner *rosa* et à conjuguer *amo* chez un tailleur du voisinage qui, ayant fait sa troisième, avait retenu quelques notions de latin. Ce latin ne lui avait pas aidé à faire fortune; il était même assez pauvre.

Je me souviens que mon père fut frappé de cette circonstance. Il en parla à M. Gandois, qui répondit : « Votre tailleur a eu tort de ne pas achever ses classes. Il fallait aller jusqu'au bout, et se faire recevoir bachelier. Alors toutes les carrières lui auraient été ouvertes, et il porterait aujourd'hui les habits de drap fin qu'il confectionne pour les autres. »

Ce qui acheva de déterminer mes parents, c'est la facilité avec laquelle je mordais au latin. Mon rudiment ne me quittait pas. L'îlot dont j'ai parlé au chapitre précédent retentissait tout le jour de mes déclinaisons et conjugaisons latines. Au bout de six mois de cet exercice, si le tailleur eût été aussi humble et aussi franc que le vieux maître d'école, il aurait pu me congédier en déclarant que j'en savais autant que lui, et qu'il n'avait plus rien à m'apprendre. Mais il recevait cinq francs par mois pour ses leçons, et le pauvre homme, tenu de court par sa femme, ne dédaignait pas un peu d'argent mignon.

Comment, si le latin est une science aussi précieuse, est-il payé aussi peu? Voilà une réflexion qu'auraient pu faire mes parents : ils n'y songèrent pas, ni moi non plus.

CHAPITRE III

Le vieux collége.

Lorsqu'il eut été décidé que j'étudierais le latin, mes parents songèrent naturellement au collége de Saint-Gilles, qui n'était qu'à quelques lieues du moulin de la Rochecave. Il faut que je résume ici l'histoire de cette maison, où se sont écoulées les plus heureuses années de ma vie : plusieurs traits en sont curieux et caractéristiques.

L'Église, qu'il est de mode de qualifier d'ennemie des lumières, a édifié, organisé et doté presque tous nos établissements d'instruction secondaire; sans compter le nombre presque aussi considérable de ceux que le progrès a laissés périr, ou qu'il a transformés en haras, en casernes et en prisons.

L'Université laïque d'aujourd'hui boit, mange, dort et enseigne dans les bâtiments habités longtemps par les jésuites, les oratoriens, les doctrinaires, les minimes et autres porteurs de frocs. Cette simple réflexion devrait engager messieurs les universitaires à quelque indulgence pour leurs humbles devanciers.

Ce qui est sûr, c'est que le collége de Saint-Gilles fut très-florissant jusqu'en 93 : on y comptait de deux cent cinquante à trois cents élèves. Des rentes, des fondations, des domaines, legs accumulés de plusieurs siècles, permettaient de créer des bourses nombreuses et de ne rien épargner pour l'instruction et l'éducation des écoliers.

Vint la révolution, qui exila les maîtres, dispersa les élèves, aliéna les rentes, et vendit à vil prix les fonds de terre; après quoi la nation fit cadeau des bâtiments du collége à la commune de Saint-Gilles, un don à titre onéreux s'il en fut jamais.

Les constructions étaient immenses : jardins, terrasses, cours, salles, dortoirs, classes, tout avait été taillé sur un grand patron par les nobles et riches fondateurs. La pauvre petite commune ne put suffire au simple entretien de l'édifice. Saint-Gilles ne fut plus pavé ni éclairé; les fontaines perdirent l'eau par mille fissures; les pompiers et le garde champêtre réclamaient en vain des casques et des sabres; jusqu'à l'hôtel de ville qui se refusait un drapeau neuf! le collége absorbait tous les fonds disponibles.

Ce fut bien pis quand les élèves firent mine de revenir. La commune eut beau faire des sacrifices, en cinq ans quatre principaux du collége demandèrent leur changement, donnèrent leur démission, ou partirent sans avertir personne, et en laissant des dettes criardes. Les professeurs faisaient peine à voir, surtout ceux qui étaient mariés et chargés d'enfants. Pourtant le professeur de rhétorique faisait la seconde, toutes les promenades et les dortoirs. Le professeur de philosophie cumulait avec ses fonctions le cours de dessin, de gymnase et les langues vivantes. Malgré ces économies, le collége coûtait à la commune une somme énorme. Il est difficile de faire vivre avec trente élèves un établissement construit et outillé pour trois cents.

Un maire de bon sens proposa d'aban-

donner à son sort et aux rats cette ruine.
Il faillit être lapidé par ses administrés :
Saint-Gilles tenait à son collége.

Une année, deux élèves de philosophie
furent reçus bacheliers. Le vieux collége
illumina, et les journaux des départements
circonvoisins célébrèrent ce triomphe.

La commune de Saint-Gilles finit par
prendre un parti sage. Elle supplia l'é-
vêque de se charger de l'établissement.
Mᵍʳ X... envoya là une dizaine de prêtres,
qui, à force de vertus, de talents et de
soins, remédièrent à ce délabrement.

Le collége avait repris une partie de son
ancienne splendeur lorsque j'y fus admis à
faire ma septième.

M. l'abbé X, le supérieur, fixa ma pension à trois cents francs. En tenant compte
des vacances, j'étais logé, nourri, blanchi,
rapiécé et instruit dans les lettres divines
et humaines à raison de vingt sous par jour.
Quantité de petits bourgeois ne payaient
pas plus cher que moi. Ils auraient eu de
la peine à faire leurs études s'ils s'étaient
adressés à certains chefs d'institution que
j'ai trop connus.

Cela n'a pas empêché quelques-uns d'entre eux de tourner le dos, et même de jeter la pierre et l'insulte à leurs anciens maîtres. Les plus cruelles morsures faites au clergé lui viennent de quelques vipères qu'il a réchauffées et nourries dans son sein.

Je fis des progrès rapides, et ne tardai pas à devenir ce qu'on appelle un brillant élève. Chaque année je raflais tous les prix. Ces succès éveillèrent la jalousie : plus d'un camarade me rappela par quelque allusion et épigramme au souvenir de mon moulin.

« Que de volumes! que de couronnes! mon cher Robert, me disait, à la fin d'une distribution de prix, le fils d'un riche notaire; tu ne pourras jamais emporter tout cela chez toi; ton père aurait dû amener votre âne... »

Les professeurs de Saint-Gilles ne visaient pas uniquement à confectionner des bacheliers; ils voulaient faire des chrétiens. Ils y travaillaient par le spectacle quotidien de leur vie d'étude et de prière, par une solide instruction chrétienne, dis-

tribuée largement, depuis la huitième jusqu'à la fin de la philosophie; enfin par des
fêtes religieuses qui rompaient la monoto-
nie des études, et parlaient à nos sens et à
notre imagination pour mieux arriver jusqu'au cœur.

Quelles belles messes en musique! Quels
beaux mois de Marie! Quelles splendides
processions sous les grands marronniers
des terrasses et des jardins! Parfois un
évêque illustre, un missionnaire de la
Chine ou du Japon, un grand orateur qui
avait prêché à Notre-Dame et à la Made-
leine, venaient jusqu'à Saint-Gilles nous
parler de Jésus-Christ et de l'Église, de la
France et du pape, de la poésie, de l'élo-
quence, de Platon, de Virgile et de Bossuet.

Ces visites donnaient lieu à des pièces en
vers latins ou français, que les lauréats de
nos plus brillants lycées auraient pu signer
sans se compromettre.

Si toute la jeunesse qui, depuis trente
ans, a reçu l'instruction secondaire dans
notre pays, avait été élevée de la sorte,
nous n'aurions pas un bachelier de moins,

et nous compterions beaucoup plus de bons Français et de sincères catholiques.

Soyez bénis, maîtres vénérés! Ce n'est pas votre faute si l'instruction classique m'a servi de peu, et m'a été plutôt funeste qu'utile. Ce que je vous dois bien, ce sont les sentiments de foi qui ont survécu à mes malheurs, et que je trouve vivants dans mon âme. Que serais-je devenu, ô mon Dieu, sans votre crainte et votre amour? Je serais allé probablement grossir les rangs des déclassés haineux, des cœurs ulcérés et des ennemis de la religion, de la société et de la patrie.

Quoique ma vie s'écoulât paisible et heureuse au collège de Saint-Gilles, il me tardait d'avoir fini mes études et conquis le diplôme de bachelier. Il eût fallu être aveugle ou égoïste pour ne pas remarquer combien je coûtais à mes pauvres parents. La pension de trois cents francs atteignait à cinq cents francs avec les livres, les fournitures, le trousseau et le reste. Mon père vieillissait rapidement. Pendant les vacances, je me prenais à rougir de mes vingt ans, de mon oisiveté et de mes habits de *monsieur*. Mes cousins et mes camarades du village me trouvaient fier, et je les trouvais grossiers. Il me tardait de sortir de cette fausse position. Hélas! je ne faisais qu'y entrer, et j'étais au commencement de mes malheurs.

Le supérieur du collége de Saint-Gilles reçut avis que les candidats au grade de bachelier seraient admis à passer leur examen vers la fin du mois d'août. Il était temps! Comme dans ma situation il ne m'était pas permis d'échouer, je travaillais depuis près d'un an comme un nègre. M'imaginant, dans ma naïveté, qu'un bachelier doit être un puits de science, j'emplissais le puits de grec, de latin, de mathématiques, de chimie, de géographie et d'histoire. Dates, noms propres, formules, équations, tout s'entassait dans ma mémoire de façon à faire éclater la case de la cervelle qui est le siége de cette précieuse faculté.

Un bachelier qui a vraiment mérité son diplôme serait un savant fort remarquable s'il lui était possible de retenir toute sa vie ce qu'il a été obligé de loger et de garder dans sa tête pendant huit jours.

Que nos jeunes ouvriers et campagnards ne jalousent pas tant le sort des fils de la bourgeoisie qui se préparent aux professions libérales! Ces avocats, ces médecins, ces magistrats, ces officiers en herbe travaillent, entre quinze et vingt ans, beaucoup plus que certains enfants du peuple.

La vie de collége est aussi pénible pour le moins que celle des champs et de l'atelier.

Ce qui est sûr, c'est que mes cousins et mes camarades du village étaient plus heureux que moi.

Le collége de Saint-Gilles n'avait à présenter cette année que deux candidats : Charles B..., fils d'un riche juge de paix, et moi. Il fut convenu que nous nous joindrions à une douzaine de jeunes gens de la Creuse qui se rendaient à Clermont pour subir le terrible examen.

Les frais du voyage, le coût du diplôme, des vêtements convenables, constituaient pour mes pauvres parents une lourde dépense qu'ils firent néanmoins de bon cœur. Il leur tardait de me voir arriver à cette *bachellerie :* c'est le nom qu'ils donnaient au

baccalauréat, appelé de nos jours *bachot*
par messieurs les élèves.

J'avais dix-neuf ans, une conscience pure,
une assez bonne santé, des habits neufs,
cent vingt-cinq francs dans ma bourse et la
certitude morale d'être reçu haut la main.
Ajoutez à cela que je ne connaissais pas
de plus grande ville que Saint-Gilles, n'é-
tant jamais sorti de mon canton. Ce voyage
était donc pour moi une fête et un événement.

Nous prîmes, Charles B... et moi, à une
lieue du collége, la diligence de Clermont.
Elle contenait douze joyeux jeunes gens de
dix-sept à vingt ans.

C'est dans cette diligence que commença
la longue série des déceptions, des piqûres
d'amour-propre et des humiliations que
j'ai eu à supporter tout le long de mon
existence.

Mes compagnons de route étaient de
petits messieurs vêtus à la mode, gantés
soigneusement, finement chaussés, portant déjà canne, montre, lorgnon et mous-
taches naissantes. Ils accueillirent avec
des sourires et des chuchotements très-peu

dissimulés cette façon de paysan endimanché qui venait se mêler à eux.

Lorsque nous fûmes arrivés au relais, quelques-uns descendirent, et ne se gênèrent pas pour faire des réflexions dont la moitié arrivait à mes oreilles et à celles des autres jeunes gens restés dans la voiture.

« Ça un bachelier! disait l'un, allons donc! C'est quelque instituteur de village!

— Mais non, répliquait l'autre. Il a fait de bonnes études, et va se présenter au baccalauréat avec nous. Il paraît que c'est le fils d'un pauvre meunier, élevé par charité, ou peu s'en faut, au collége de Saint-Gilles. »

Cet âge est sans pitié.

Je compris pour la première fois ce vers de la Fontaine.

Charles B... ayant pris discrètement mon parti, on voulut bien cesser ces quolibets. Deux ou trois daignèrent même m'adresser la parole d'un ton protecteur.

Les aspirants au baccalauréat se trouvèrent en assez grand nombre à Clermont. Nous fûmes, Charles B... et moi, inscrits presque à la fin de la liste, et obligés d'attendre sept ou huit jours notre tour d'examen.

Ce retard importait peu à mon camarade, qui se mit à visiter Clermont en tout sens, et à pousser des excursions d'agrément dans les environs. La modicité de mes ressources m'interdisait, bien entendu, ces distractions coûteuses. Je m'aperçus même avec terreur qu'avec les prix élevés de l'hôtel où j'étais descendu je n'aurais pas assez d'argent pour payer mes dépenses et mon voyage de retour. Force me fut de quitter le brillant *Lion-d'Or* et d'aller demander un gîte dans une auberge du troisième ordre, ressemblant fort à un cabaret.

Ces petites misères furent, à cause de ma totale inexpérience, de vraies tribulations.

Pour m'achever, je perdis confiance et me mis à trembler de n'être pas reçu.

Je passai les journées presque entières à assister aux examens, au milieu d'une salle transformée en fournaise par la chaleur. La nuit, je repassais de mémoire le programme des matières.

Enfin mon tour arriva. J'étais tellement ahuri que, quoique un des plus forts élèves de la session, je fus reçu tout juste.

Six autres candidats de la Creuse, parmi lesquels Charles B..., furent aussi admis.

Ces messieurs résolurent d'arroser le diplôme, c'est-à-dire de se donner un grand dîner à quinze francs par tête. Ils m'invitèrent à être des leurs. Je refusai, n'ayant que l'argent nécessaire à mon voyage. Charles, qui devina mon embarras, insista, et m'obligea de souffrir qu'il payât mon écot.

Je m'amusai très-peu pendant ce festin. Mes compagnons ne parlaient que de délassements, de cadeaux et de parties de plaisir, récompense de leur triomphe. L'un devait aller passer, avec son père, quinze jours à Paris. L'autre avait promesse d'un cheval et d'un fusil à deux coups. Un troisième assurait qu'il allait entrer en possession de la succession de sa mère : huit mille livres de rente, avec lesquelles un étudiant en droit n'est point à plaindre.

On devine la figure que faisait là le pauvre Robert.

Charles B..., quoique nous ne fussions pas intimes au collége, était si content d'avoir conquis un diplôme sur lequel il comptait peu, qu'il me prit en subite amitié. Il me pressa d'aller passer quelques jours chez ses parents, qui demeuraient presque sur la lisière de la route que je devais prendre pour m'en retourner. Je finis par accepter.

M. B..., juge de paix à X..., me reçut avec la plus grande bienveillance. On me combla d'attentions pendant les quatre jours que je passai dans cette riche et estimable famille.

Et cependant j'étais fort gêné. Les usages du monde ne s'apprennent ni dans un moulin, ni dans un petit collége de campagne. Je commis donc mille maladresses et gaucheries, sur lesquelles on fermait les yeux, mais dont j'avais la vague conscience, et qui me faisaient rougir.

M. B..., pour me mettre à l'aise, eut la bonté d'amener la conversation sur les matières classiques. Je pris comme un sot la balle au bond, et me voici récitant des tirades de vers latins en présence d'une dame et de cinq ou six demoiselles qui avaient toute la peine du monde pour ne pas rire au nez du jeune pédant.

Une d'elles n'y tint plus, et sourit. Cela me déconcerta tellement que je cassai mon assiette, et je crois aussi, si j'ai bonne mémoire, une carafe pleine de vin qui se trouva à portée de mon coude.

Hélas! tout bachelier que j'étais, j'étais un déclassé.

La chose et le mot, encore obscurs pour moi, devenaient clairs de jour en jour et même d'heure en heure. Je sentais que je n'étais pas à ma place; que j'avais de l'instruction sans aucune de ces formes et de ces usages qui doivent l'accompagner.

Ce voyage et ce court séjour dans une famille bien élevée m'ouvrirent à moitié les yeux, et me firent apercevoir un avenir qui n'était pas couleur de rose comme celui que j'avais vu dans mes rêves.

La joie naïve de mes parents en retrouvant leur fils bachelier effaça un peu ces impressions.

Ma mère voulut attacher mon diplôme aux murailles de notre cuisine, entre le

Juif errant et le *congé* de mon grand-père, un vieux sergent blessé à Austerlitz.

Je lui fis comprendre que ce parchemin était trop précieux pour l'exposer à la poussière du moulin et aux outrages des mouches et des araignées.

Elle aurait pu me proposer de l'encadrer et de le mettre sous verre; mais elle n'y songea pas. Le diplôme fut mis dans l'armoire avec les quittances du percepteur, celles de notre propriétaire et nos autres papiers les plus importants.

Mes parents étaient toujours convaincus que le baccalauréat m'ouvrait toutes les carrières, et que je n'avais plus qu'à choisir.

CHAPITRE V

**Explications plus claires que consolantes.
— Départ du moulin.**

Les jours suivants, je reçus les compliments de ma parenté et du voisinage. Les gens de la commune, qui savaient très-bien ce qu'étaient un avocat, un avoué-licencié, un docteur en médecine, ne se faisaient pas une idée aussi nette d'un bachelier ès lettres. On vint voir mon diplôme, qui fut palpé, tourné, retourné et lu par ceux qui savaient lire. Quelques-uns s'étonnaient que je ne fusse pas plus *monsieur* qu'auparavant. Ils demandaient si les bacheliers n'avaient pas un costume. D'autres voulaient savoir combien ça me rapportait, et si j'étais payé par le gouvernement.

La plupart de ces interrogations étaient faites de bonne foi. Pourtant je ne voudrais pas jurer qu'il n'y eût dans quelques-unes plus de malice que d'ignorance.

Il y a quelqu'un qui a autant d'ironie que Voltaire, c'est le paysan d'humeur gouailleuse.

Je devais une visite à mes excellents maîtres de Saint-Gilles. Je partis donc pour le collége, où je fus reçu, non plus comme un élève, mais comme un jeune homme qui a terminé ses études.

Je dînai au réfectoire des professeurs, et je fus placé à la droite de M. le supérieur, ni plus ni moins que si j'avais été un curé ou le parent d'un élève.

Après le dîner, j'allais rejoindre dans les

cours et sur la terrasse mes anciens camarades. Que d'embrassades! que de poignées
de mains! que de questions sur ce terrible
examen! Je répondis à tous d'un air obli-
geant et modeste qui me conquit tous les
cœurs.

Les rhétoriciens et les *philosophes* qui se
disposaient à tenter, dans quelques mois,
l'épreuve dont je venais de sortir victo-
rieux, me contemplaient d'un œil d'envie,
et avaient l'air de penser : Est-il heureux
ce Robert! Lui voilà une fameuse épine
tirée du pied!

Quant aux plus jeunes, le baccalauréat
leur apparaissait comme un congé sans fin
et des vacances perpétuelles.

Il me semble que j'entends encore Cyprien Morizot, le plus fieffé paresseux de
l'établissement, me dire :

« Tiens! Robert, veux-tu me vendre ton
diplôme? Je t'en donne mille francs. Je
suis sûr que mon père ne dira pas non. »

Lorsque la cloche eut sonné la fin de la
récréation, et que toute cette bruyante jeunesse eut regagné, du pas le plus lent possible, les classes et les salles d'étude, M. le

supérieur m'invita à le suivre dans sa chambre. Il me fit asseoir, donna un tour de clef, ainsi qu'il avait coutume d'agir lorsqu'il ne voulait pas être dérangé dans la lecture de son bréviaire, puis il me dit un peu à brûle-pourpoint :

« Vous voilà donc bachelier, mon enfant ! Maintenant, que comptez-vous faire ? »

Je restai muet.

Il renouvela sa question, et mon embarras fut si grand que je sentis les larmes me gagner.

L'excellent prêtre s'en aperçut sans doute, car il me prit amicalement les mains en me disant :

« Ne vous troublez pas, et surtout ne vous chagrinez pas. Vous savez tout l'intérêt que je vous porte. Une explication est nécessaire : je vais vous la donner. Écoutez-moi bien.

« Lorsque, il y a sept ans, votre père vint me demander une place pour vous dans l'établissement, je me permis quelques observations discrètes, et lui représentai qu'il serait peut-être plus sage de vous faire suivre un cours de français chez les frères. Je vis que son parti était pris, et qu'il était décidé à vous mettre à l'étude du latin. Je vous acceptai donc en diminuant le plus possible le prix de la pension.

« Voilà que vos études sont achevées. Nous avons fait de vous un bachelier, et, ce qui vaut mieux, un honnête homme et un bon chrétien. Je compte que vous resterez toujours tel. »

Cette fois, ce fut sans embarras que je répondis :

« Oui, monsieur le supérieur, vous pouvez y compter.

— Bien ! mon cher enfant, répliqua-t-il, j'étais sûr de votre réponse. Revenons à la question de votre avenir. L'instruction secondaire peut suffire aux jeunes gens riches qui retournent, au sortir du collége, à la maison paternelle, pour apprendre, sous la conduite de leurs parents, à gérer leurs propriétés ou leur négoce.

« Le plus souvent l'instruction secondaire est une préparation à l'instruction supérieure : à la théologie, au droit, à la médecine, à ce qu'on appelle les professions libérales.

« Je vous ai étudié de près, et je ne crois pas que vous ayez la vocation ecclésiastique. Je serais heureux de m'être trompé : qu'en pensez-vous? »

Mon silence, mêlé de quelque confusion, répondait assez. Il continua :

« Je ne vous conseille pas de songer à être avocat, ou médecin, ou fonctionnaire. Il faut trop de temps et d'argent. Reste l'enseignement : votre titre de bachelier vous en ouvrira les portes; avec du travail et de la persévérance vous pourrez conquérir une position honorable. En attendant, vous vivrez, et il vous sera possible d'aider un peu vos parents, qui se font vieux, et auxquels les frais de votre éducation n'ont pas permis de faire la moindre économie.

« J'ai connu quelques rares jeunes gens qui, tout en professant les classes élémentaires dans les pensions ou les colléges de grande ville, sont parvenus à étudier la médecine. Il leur a fallu une énergie extraordinaire, et plusieurs y ont perdu la santé. Essayez, si le cœur vous en dit. Mais, ou je me trompe fort, ou vous y renoncerez, bornant votre ambition à devenir professeur

dans quelque collége du second ordre. Ce
n'est déjà pas si facile lorsqu'on part du
simple titre de bachelier!

« Voilà ce que j'avais à vous dire, mon
cher enfant. Maintenant je vais vous donner une lettre de recommandation pour un
prêtre de mes amis qui habite Bordeaux.
Je crois que cette ville vaut mieux pour un
début que Paris. »

Que pouvais-je faire, sinon remercier
vivement et accepter?

Je partis le lendemain matin, après avoir
pris congé de mes excellents maîtres.

Je ne crois pas que mon cerveau ait jamais autant travaillé que pendant le trajet
de Saint-Gilles au moulin de la Rochecave.

Les paroles de M. l'abbé X... furent pe-
sées, discutées, tournées et retournées en
tous sens. Le professorat, maintenant que
j'y réfléchissais, me souriait très-peu, par
la raison surtout qu'il me tiendrait éloigné
de mes parents. Je préférais de beaucoup
être médecin. M. le supérieur n'avait-il
pas un peu exagéré les difficultés? On met
d'ordinaire cinq ans pour arriver au diplôme de docteur. J'en mettrais sept au

besoin, et je m'imposerais toutes les privations. *Labor omnia vincit improbus :* le travail triomphe de tout.

Oui! oui! vers vingt-six ans, je reviendrai docteur à la Rochecave. Je m'établirai dans une des maisons du bourg, et la clientèle ne tardera pas à venir, tant je serai laborieux, dévoué, charitable. Ce n'est pas moi qui refuserai de me lever la nuit, ou qui négligerai les malades pauvres.

Allons! il ne s'agit que d'avoir de l'initiative, de l'énergie et de la persévérance. Ça n'est pas trop dans mon caractère, ainsi que M. le supérieur me l'a donné délicatement à entendre; pourtant, avec la grâce de Dieu, tout est possible.

Là-dessus je me remémorais l'exemple de quelques hommes célèbres qui, partis d'aussi bas que moi, étaient montés bien plus haut que la place à laquelle j'aspirais.

C'est une affaire conclue : j'enseignerai les éléments du latin aux enfants, puisqu'il le faut, mais je me réserverai le temps nécessaire pour mes études médicales.

Mes parents furent bien désappointés lorsque je leur racontai ces beaux projets.

L'idée d'une nouvelle et longue séparation les affligeait plus que tout.

« O Robert, s'écria ma mère, il nous faudra donc vivre toujours éloignés de toi!

— Je croyais, dit mon père, que le baccalauréat était un état, et voilà que ce n'est que la moitié d'un apprentissage! »

Il me fallait bien leur apprendre que le titre de bachelier n'était qu'un vain titre et ne menait à rien si on ne passait pas à d'autres études. J'ajoutai tout ce que je crus capable de les persuader et de les consoler. Ils se rendirent à mon avis; mais que leur foi au latin était ébranlée!

Combien j'ai regretté plus tard que la pensée de me faire simplement instituteur primaire ne soit venue ni au supérieur de Saint-Gilles, ni à mes parents, ni à moi! Il est à croire que je l'eusse accueillie. Je me serais fixé dans mon pays, auprès de mes parents; et, quoique bien modeste, cette profession, avec nos goûts si simples, nous eût fait vivre tous les trois.

Par exemple, je ne pense pas que j'eusse voulu enseigner le rudiment aux enfants du peuple.

Comme le mariage de mon cousin germain devait avoir lieu dans quelques jours, il fut décidé que je retarderais mon départ pour y assister. Ce fut encore une déception. Quelques efforts que je fisse pour me montrer affable et aimable même, j'y réussis très-peu. J'étais aussi gauche parmi les paysans que je l'avais été au milieu d'une famille bourgeoise.

Tout le monde, excepté le pauvre bachelier, s'amusa à cette brillante noce de village.

Décidément l'étude des Églogues, des Bucoliques et des Géorgiques est une mauvaise préparation à goûter les plaisirs champêtres.

Je partis par une belle matinée de septembre. Mon père vint m'accompagner jusqu'à la lisière de la grand'route.

Au moment de nous séparer, il me dit d'un ton ému :

« Écoute, Robert : j'ai soixante ans, et je me sens fatigué. Si un malheur m'arrivait, promets-moi d'aimer ta mère pour deux, et de rester toujours honnête homme.»

Puis, sans attendre ma réponse, et comme

s'il eût eu honte de l'attendrissement qui le gagnait, le vieux meunier m'embrassa brusquement, et reprit, d'un pas ferme et sans retourner la tête, le chemin de la Rochecave.

J'eus moins d'énergie. Quand mon père eut disparu, je m'assis au pied d'un chêne, et, me mettant la tête entre les mains, je versai des larmes silencieuses.

Un bruit lointain de grelots et des claquements de fouet m'arrachèrent à cette rêverie douloureuse. La voiture approchait du relais, et je n'avais pas une minute à perdre si je ne voulais pas qu'elle partît sans moi.

CHAPITRE VI

M. Chalumeau et sa pension.

Ces humbles souvenirs, que je retrace pour m'occuper et me distraire, ne seront lus probablement par personne. Néanmoins, si le contraire arrivait, je prie ces lecteurs inconnus de ne pas donner dans un sophisme où l'on tombe souvent. Qu'ils ne concluent pas du *particulier au général,* et n'aillent pas attribuer à une classe les vices ou les défauts des individus qui en font partie.

Parce que j'ai eu affaire à un maître de pension dur et avare nommé M. Chalumeau, il ne s'ensuit pas que tous les maîtres de pension soient des Chalumeau. On me dirait que cette partie du corps enseignant est composée en majorité d'hommes généreux et dévoués que je n'en serais pas surpris. Je ne parle que de ce que j'ai vu.

Si j'avais été moins affligé de quitter mes vieux parents et moins inquiet de mon avenir, le voyage de la Rochecave à Bordeaux eût été charmant, en dépit des économies ou plutôt des privations que m'imposait l'état de ma bourse.

Le lendemain de mon arrivée sur les bords de la Gironde, je portai à son adresse la lettre du bon supérieur de Saint-Gilles. M. l'abbé X... m'accueillit fort bien, me promit de s'occuper de moi sur-le-champ, et m'invita à revenir le surlendemain. Je fus exact au rendez-vous, comme on pense:

2*

il fait cher vivre dans les auberges de Bordeaux.

« Mon cher monsieur, me dit-il quand je fus en sa présence, j'ai mis en campagne l'aumônier du lycée, qui connaît tout le personnel du corps enseignant. Une seule place est vacante, c'est celle de professeur de français chez M. Chalumeau. La position est aussi laborieuse que peu lucrative : telle qu'elle est, peut-être ferez-vous bien de l'accepter en attendant mieux. Vous avez toujours le vivre et le couvert. Ne prenez d'engagement que pour un trimestre. »

Le lendemain j'étais installé dans la pension Chalumeau.

Deux doigts de biographie sont ici nécessaires. Si la naissance de Silvestre Chalumeau n'était pas plus illustre que la mienne, son génie avait été aussi précoce que le mien. Ses prix d'analyse logique et d'analyse grammaticale étalés dans l'échoppe paternelle furent remarqués d'un client, qui obtint aisément au jeune lauréat l'autorisation de suivre *gratis* les classes du lycée en qualité d'externe.

Le fils du pauvre savetier subit là un martyre de huit ans.

Il était rare qu'il entrât au collége ou qu'il en sortît sans entendre quelque loustic crier : « Carreleur de souliers ! carreleur de souliers ! »

Un autre, tirant gravement sa chaussure, la présentait au jeune Chalumeau en demandant si un ressemelage n'était pas urgent, et le prix de l'opération.

A ces petites misères succédèrent les grandes. Chalumeau, reçu bachelier, passa sa jeunesse et une partie de son âge mûr à végéter dans des pensions ou des colléges communaux en qualité de maître d'étude ou de professeur des classes élémentaires.

Vers quarante-cinq ans, il épousa mademoiselle Euphrasie Bonnet, laquelle lui apporta en dot trente-huit ans bien sonnés, vingt-cinq couchettes plus ou moins infectées de punaises, force tables et pupitres émaillés de coups de canif, une batterie de cuisine et plusieurs douzaines de dictionnaires, grammaires et autres livres classiques.

M. Chalumeau loua, dans un vieux quartier, une grande et vieille maison, y installa cette défroque, et mit au-dessus de la porte cet écriteau : PENSION UNIVERSITAIRE.

Il n'eut plus alors qu'un souci : vendre le plus cher possible la soupe, le latin et le français, afin de se retirer à la campagne sur la fin de sa vie.

Tel était le personnage vers lequel me poussait la destinée.

Il m'offrit trente francs par mois; et, comme je me récriais contre la modicité de ce salaire, il me prouva longuement que, avec le logement, la table, l'éclairage, le chauffage, le blanchissage et le raccommodage, je gagnais plus de douze cents francs, ce qui constituait un honnête traitement.

Il fallut accepter et vite : cinq concurrents, bacheliers comme moi, postulaient cette brillante position. Je ne devais la préférence qu'au crédit de M. l'aumônier du collége.

Les chartreux et les casseurs de pierres mènent une vie douce en comparaison de celle qui dès ce moment devint la mienne.

Lorsque j'avais présidé au lever et au coucher des élèves, aux repas, aux récréations, aux classes et aux études, il me restait quarante-cinq minutes dont je pouvais disposer chaque jour à mon absolue fantaisie. Ces quarante-cinq minutes étaient employées à la leçon d'écriture. M. Chalumeau aurait bien voulu me charger de ce cours; mais il n'y eut pas moyen, tant je griffonnais.

La nuit même ne m'appartenait qu'à moitié. Il était rare que je ne fusse pas réveillé trois ou quatre fois chaque quinzaine par quelque aimable farceur qui venait, pour rire, heurter à ma porte, laquelle, comme de juste, ouvrait sur le dortoir.

Près de trois mois se passèrent en ces loisirs. Au bout de ce temps, je reçus, un matin, la visite de Pierre, le domestique à tout faire de M. Chalumeau. Ce brave garçon, fort comme un Turc, ignorant comme un sauvage, était favorisé d'un bégaiement qui nous amusait fort. Il venait me prier d'écrire une lettre afin de solliciter pour lui la main d'une payse.

J'étais chargé de faire valoir aux parents de Mlle Jeanne Trouchassou que Pierre Tamoineau avait vingt-huit ans et un physique sain et avantageux; qu'il était logé, nourri et blanchi dans la maison; qu'il gagnait, sans compter les pièces et les étrennes, cinq cents francs par année. Mlle Jeanne, si elle devenait épouse Tamoineau, serait employée dans la pension à repasser le linge et les vêtements au prix d'un franc cinquante centimes par jour. Cette somme et le salaire de son époux permettraient de louer une chambre en face de la pension et d'y couler d'heureux jours.

Je retins de ces explications que Pierre gagnait cinq cents francs, et moi trois cents.

Il y eut, quelques jours après, entre M. Chalumeau et moi, un dialogue dont j'ai conservé dans ma mémoire les moindres mots.

Je le transcris ici fidèlement, dans le but d'être utile et agréable aux bacheliers de l'avenir.

Moi. « Je vous serais reconnaissant, monsieur, de vouloir bien augmenter mon traitement.

M. Chalumeau. Y pensez-vous, monsieur Robert? Aux prix où sont le pain, le vin, la viande, les légumes et la chandelle! Vous ne voyez donc pas que c'est à peine si je joins les deux bouts! D'ailleurs, vos prédécesseurs, des gens de mérite, n'ont jamais reçu plus de trois cents francs pour les dix mois de l'année scolaire.

Moi. C'est trop peu. Je puis bien, avec cette somme, m'entretenir de linge, de vêtements et de chaussure; mais comment voulez-vous que je vive pendant les deux mois de vacances?

M. Chalumeau. C'est votre affaire.

Moi. Veuillez considérer que je gagne moitié moins que Pierre le domestique.

M. Chalumeau. Je ne dis pas... Savez-vous que les bons domestiques sont rares,... tandis que...

Il s'arrêta.

Moi. Achevez, monsieur Chalumeau.

M. Chalumeau. Tandis que les bacheliers abondent.

Moi. Très-bien! Me voilà fixé. »

Lorsque je fus seul, et que je pus réfléchir, je fus obligé d'avouer que, tout dur
et tout avare qu'il était, le maître de pension avait raison. Il eût cherché longtemps
avant de trouver un domestique comme
Pierre. Ce robuste garçon avait l'art de
faire un lit en trois coups de poing : ce qui
lui permettait de parer le dortoir en une
heure et demie. Il passait alors à la cuisine
et au réfectoire. L'après-midi, il balayait,
fendait le bois, cirait les souliers, préparait
les quinquets, et faisait toutes les commis-
sions du dehors.

Il eût fallu choisir entre cent pour trouver un pareil serviteur, tandis que le premier bachelier venu pouvait remplir ma
tâche d'une façon suffisante.

Je cherchai inutilement dans toutes les
pensions de Bordeaux un poste plus lucratif que celui que je possédais. Je me con-
vainquis que partout les malheureux professeurs étaient payés moins qu'un bon
domestique. Quelques-uns atteignaient les
cinq cents francs de Pierre, mais ce n'était
qu'après plusieurs années de bons et loyaux
services.

Ce qu'il y avait de piquant, c'est que l'usage et les convenances m'obligeaient à donner des étrennes et de petits cadeaux à Pierre. Il est vrai qu'il me saluait le premier et m'appelait monsieur.

Un jour que je conduisais les élèves en promenade, ma redingote, mon chapeau et mes souliers cirés me valurent d'être appelé fainéant et aristocrate par quelques ouvriers qui gagnaient deux fois plus que moi, et travaillaient beaucoup moins.

Au retour, quelques mendiants me demandèrent l'aumône. Je leur distribuai quelques pièces de monnaie. Cette charité m'obligea, pour l'équilibre de mon budget, à me priver plusieurs jours du journal que j'achetais pour le lire pendant ces interminables études.

C'était la seule distraction que j'eusse. Je me trompe : il m'arrivait de me donner de plus nobles plaisirs. Je relisais mes classiques : Tacite, Homère, Horace, Virgile, Virgile surtout.

Parfois j'oubliais avec ces grands génies les ennuis et les misères de ma position. Les belles-lettres, lorsqu'on les goûte et qu'on les sent vivement et délicatement, sont une des consolations de la vie.

S'il était possible de donner l'instruction secondaire à tout le monde, il faudrait le faire.

Que de fois j'ai rêvé l'artisan et le laboureur lisant le soir à leur foyer, après la journée finie, les chefs-d'œuvre de l'esprit humain au lieu des almanachs idiots, des journaux socialistes et des romans impurs qu'ils dévorent!

C'est une chimère, et il y aura toujours l'aristocratie de l'intelligence.

La messe entendue chaque dimanche, mes prières du matin et du soir, une lecture dans l'Evangile ou l'*Imitation*, m'étaient des ressources autrement précieuses que les classiques et un meilleur réconfort.

Je n'étais pas heureux; mais j'aurais été misérable sans la foi et ses immortelles espérances.

O vous qui aimez le peuple, et voulez l'instruire pour le rendre heureux, croyez-en un homme qui aime autant le peuple que vous pouvez l'aimer : une humble leçon de catéchisme vaut mieux que toutes les œuvres de Virgile.

CHAPITRE VII

Je suis professeur de sixième.

On pense bien qu'il n'était plus question pour moi d'études médicales. Où aurais-je pris le temps de suivre les cours? Comment économiser l'argent nécessaire pour les inscriptions? Les quelques maîtres d'étude ou professeurs de basses classes qui fréquentaient l'école de médecine avaient des ressources personnelles, et ne demandaient à leurs fonctions qu'un supplément. Malgré cela, la grande majorité se rebutait et restait en route.

Si je ne voulais pas végéter toute ma vie dans la pension Chalumeau et ses congénères, je n'avais qu'un parti à prendre : conquérir le diplôme de licencié ès lettres. Ce grade m'obtiendrait, dans quelque collége, une position qui me permettrait de vivre et de secourir efficacement mes parents.

Une lettre de mon cousin venait de m'apprendre que mon père s'affaiblissait de jour en jour.

Oh ! pourquoi m'avait-on fait donner cette instruction embarrassante ! Que n'étais-je resté, au sortir de l'école primaire, humble meunier à la Rochecave! J'aiderais en ce moment mon père et ma mère de mes bras, et surtout je les consolerais de ma présence. Un de mes remords était la pensée qu'ils souffraient surtout de leur isolement.

Peut-être quelque lecteur s'étonnera-t-il de me voir à ce point désolé et embarrassé. Il semble qu'à vingt ans, avec de l'instruction, de l'honnêteté et l'amour du travail, j'aurais dû avoir plus d'initiative et de hardiesse. Pourquoi m'aller claquemurer dans un collége si j'avais besoin de ma liberté? Les carrières autres que l'enseignement manquaient-elles? Ne pouvais-je pas me mettre dans l'industrie, dans le commerce, ou embrasser un de ces états

humbles, mais solides, qui nourrissent
ceux qui l'exercent?

« Vous en parlez bien à votre aise, dirais-
je à ceux qui raisonnent ainsi. Considérez
donc que, malgré mon diplôme, j'étais un
pauvre villageois, connaissant mieux l'ancienne Grèce que mon arrondissement,
sans expérience, sans argent, et n'ayant
pour amis et protecteurs que quelques
humbles prêtres, plus capables de mettre
un homme dans le chemin du ciel que dans
celui de la fortune.

« Les bacheliers d'aujourd'hui sont plus
avisés. Ils ne se croient pas obligés à pour-
suivre, malgré vents et marées, les professions appelées libérales. Plusieurs se
mettent bravement au comptoir, au bureau, à auner du drap, à vendre de l'é-
picerie. Ils ont raison. Lorsqu'on s'est
trompé de route, le plus simple est de revenir sur ses pas. »

Personne malheureusement ne me donna
de pareils conseils. Je me crus obligé d'utiliser mes études de latin et mon diplôme.

A force de lettres, de sollicitations et de
démarches, j'obtins une chaire de sixième
3

dans un assez pauvre collége communal.

Je m'y rendis sur-le-champ.

Ma nouvelle position me laissait chaque jour quatre à cinq heures de liberté, que je pouvais employer à préparer ma licence. L'économie ne m'était plus absolument impossible. Avec quel plaisir je mis un jour dans ma lettre un beau mandat sur la poste de cinquante francs! Cette petite somme devait permettre à mon père d'acheter enfin des gilets de flanelle dont il avait besoin depuis longtemps.

J'étais aimé de mes élèves, et estimé du principal et des autres professeurs. Toute pénible que fût cette vie, et quoique mes collègues l'appelassent « une galère », je la trouvais douce, ayant été jusque-là peu gâté par la fortune.

Je n'étais pas obligé, comme dans la pension Chalumeau, d'attacher mes boutons et de raccommoder mes vêtements. Je pouvais ne pas regarder de trop près aux comptes de ma blanchisseuse : ce sont des douceurs auxquelles on est sensible.

Il y avait environ deux mois que je gouvernais ma classe, sans révolutions, sinon sans troubles, lorsque le désordre se mit dans mon empire.

Je vis un jour entrer dans ma chambre M. Richardet, le principal. Il était accompagné d'un enfant d'une douzaine d'années, lequel avait une des mines les plus effrontées que j'aie vues.

« Monsieur Robert, me dit-il, je vous présente un nouvel écolier, M. Hector X... Vous aurez la bonté de le recevoir ce soir dans votre classe. J'espère qu'il vous contentera. Nous avons eu des torts où la légèreté avait plus de part que la malice, et nous sommes décidé maintenant à être sage. N'est-ce pas, mon enfant? »

Hector fit une grimace qui pouvait à la rigueur signifier oui.

M. Richard lui donna une petite tape sur la joue, et lui dit :

« Allez jouer sur la terrasse en attendant l'heure du dîner. »

Lorsque le gamin fut sorti, le principal prit un air sérieux, et me parla en ces termes :

« Je ne vous cache pas, monsieur Robert,

que voilà un gaillard qui vous donnera du
fil à retordre. Il a déjà été congédié poliment
de deux pensions et d'un lycée. Je voulais
le refuser ; mais cela m'a été impossible.
Hector est le fils du secrétaire général de
la préfecture de X... Il m'est recommandé
par des personnes qui sont des person-
nages. Je dois même vous avouer, pour
vous faire connaître la situation, que j'ai
à peu près promis de garder, quoi qu'il
arrive, M. Hector jusqu'à la fin de l'année.
Arrangez-vous en conséquence, je vous
prie.

— Mais, monsieur le principal..., dis-je.

— Mais, monsieur le professeur..., » répliqua-t-il.

Le résultat de cette discussion, que j'a-
brége, fut la conviction que le jeune Hector l'emporterait sur le pauvre bachelier,
même devenu professeur de sixième dans
un collége communal. Je m'étais vu mettre,
dans la pension Chalumeau, au-dessous d'un
domestique ; actuellement on me préférait
un écolier de bonne maison : je n'avais
donc pas à me plaindre.

Le fils de M. le secrétaire général ne

tarda pas à s'apercevoir qu'on le garderait quoi qu'il fît. Aussi ne se priva-t-il de rien. On composerait un livre avec le récit des plaisanteries, des gamineries et des méchancetés inventées et exécutées par ce petit monsieur. L'indiscipline gagna de proche en proche mes vingt élèves. Je passais la moitié des classes à me garer des pétards et de la glu. Je ne parle que pour mémoire des limaçons et des jeunes crapauds éclos du soir au matin entre les livres et les papiers de mon pupitre.

Lorsque, n'y tenant plus, j'allais me plaindre au principal, le pauvre homme me répondait invariablement :

« Je vous en supplie, patientez. Voulez-vous me perdre? Voulez-vous briser votre propre carrière? Je vous répète que ce jeune polisson est protégé par des gens qui sont des puissances. »

M. Richardet, qui ne manquait pas de bonnes qualités, était faible et peureux. Je dois dire, comme circonstance atténuante, qu'il était sans fortune et avait quatre demoiselles à marier. Ce sont de ces situations qui rendent un père de famille prudent et circonspect. Si encore j'avais eu l'étoffe d'un gendre! peut-être que les actions d'Hector auraient baissé.

Nous touchions à la fin de l'année, et par conséquent au terme de mes tribulations, lorsque survint une catastrophe qui me fit échouer au port.

La Saint-Jacques, fête de M. Richardet, était célébrée avec pompe dans les murs du collège. Entre autres réjouissances, c'était l'usage que chaque professeur conduisît sa classe le plus loin possible dans la campagne. On commandait, dans quelque ferme, un dîner champêtre, qui était mangé sur l'herbe et arrosé de lait, de bière et de vin. Il y avait aussi quelques flacons de mauvaise eau-de-vie et des paquets de cigares, objets prohibés, mais que le professeur ne devait pas apercevoir ce jour-là. On rentrait le soir, poudreux, harassés, moulus, mais contents.

Hector, trompant ma surveillance, pénétra dans une chaumière où il se mit à fureter avec son sans-gêne ordinaire. Un briquet à faire du feu et une paire de vieilles lunettes lui ayant plu, il mit tout simplement le briquet dans sa poche et les lunettes sur son nez.

Trois jours après, je fus appelé au parloir par un vieux paysan, qui se plaignit que mes élèves eussent pillé sa maison. Il conclut en réclamant deux cents francs pour garder le silence. Faute de cette somme, il allait déposer sa plainte et saisir la justice de cette affaire.

Je n'avais pas deux cents francs à donner à cet honnête homme. Je lui offris dix francs, c'est-à-dire neuf francs de trop, le briquet et les bésicles valant bien vingt sous. Le principal, à qui je le conduisis, eut tort de traiter légèrement cette affaire. De nos jours, il faut craindre un paysan sans foi ni probité plus encore qu'un fonctionnaire orgueilleux.

Quoi qu'il en soit, le « volé » sortit furieux, et fit partout un bruit terrible. Les élèves, accusés en bloc, dénoncèrent Hector. Tout cela me valut une longue lettre de M. le secrétaire général de la préfecture, dans laquelle on me faisait remarquer que je manquais de vigilance, de fermeté, de prudence, de tact, etc. etc... On me conseillait

donc de renoncer à l'enseignement de la
jeunesse : une tâche délicate à laquelle
j'étais impropre.

Le principal, heureux de voir la foudre
ne tomber que sur ma tête, fut très-froid ;
et il me parut évident que je ne pourrais
plus rester dans le collége. Je devais même
craindre que le souvenir de cette affaire ne
me suivît en quelque établissement universitaire où me pousserait mon étoile.

Quant à M. Hector, dont le papa avait
réparé à prix d'or la fredaine, il continua
de rester au collége et dans ma classe. J'eus
le plaisir de le voir, jusqu'à la fin de l'année, me regarder effrontément avec les bésicles *chipées* au vieux paysan.

Hélas! un malheur bien plus grand que
ces ennuis allait me frapper bientôt.

CHAPITRE VII

Mort de mon père.

Je puis me rendre le témoignage que,
malgré les déboires et les ennuis, j'avais

fait ma classe avec conscience et zèle. Deux ou trois bons élèves étaient devenus excellents. Chose plus rare! j'avais décidé au travail plusieurs paresseux réputés incorrigibles.

Les parents de ces écoliers, moitié par intérêt, moitié par reconnaissance, me proposèrent de donner des répétitions à leurs enfants pendant les vacances, et ils m'offrirent un prix relativement élevé.

Si je n'avais écouté que mon cœur, j'eusse refusé, et j'aurais volé vers la Rochecave embrasser, consoler et soigner mon père, retenu au lit depuis quelques semaines.

Mais je dus me rendre à la raison. La raison me disait que mes pauvres parents avaient besoin d'argent. Combien je fus heureux de pouvoir envoyer deux cents francs à ma mère, avec recommandation de ne rien épargner pour guérir ou du moins soulager notre cher malade!

Pour tout dire, je cédai aussi, je le crains, à un sentiment d'amour-propre.

Je n'étais pas fâché que mes parents et

mes voisins s'aperçussent que le bachelier était aujourd'hui un homme.

On n'est pas un homme aux yeux des paysans si on ne gagne pas d'argent.

Mon oncle et mes cousins ne s'étaient pas cachés, aux vacances dernières, pour lever les épaules et me regarder d'un air compatissant et protecteur en disant: « Ce pauvre garçon! »

Vers la fin d'octobre, la situation de mon père, qui n'avait été jusque-là que grave, étant devenue inquiétante, je me décidai à partir pour la Rochecave. Les vacances d'ailleurs touchaient à leur terme, et mes répétitions allaient cesser.

L'automne, cette année, ressemblait fort, dans nos montagnes de la Creuse, au début de l'hiver. Une bise âpre balayait les feuilles tombées des arbres. Des nuages bas et gris passaient lentement, répandant sur tous les objets je ne sais quelle teinte de mélancolie et de tristesse. Les bergères et les pâtres, enveloppés dans leur cape bleue ou leur *limousine,* soufflaient dans leurs doigts engourdis.

Au relais où je descendis de voiture,

l'aubergiste me donna des nouvelles si mauvaises que je me mis à courir dans la direction du moulin. Je tremblais de trouver mon père mourant; qui sait? mort peut-être et enterré.

J'avais atteint, à travers champs, la crête de la berge au bas de laquelle coule la *Seille* et est assis le bourg de Rochecave; j'allais prendre un sentier étroit, tortueux et rapide, suivi seulement des piétons qui ont hâte d'arriver, lorsque je m'arrêtai saisi d'effroi, et dans l'impossibilité de faire un pas de plus.

La cloche de l'église tintait un glas funèbre. Je les connaissais bien ces sons lugubres! Que de fois, dans mon enfance, j'avais remplacé le vieux sacristain pour *sonner l'agonie!* On a coutume, en effet, dans mon pays, d'annoncer par plusieurs coups de cloche sourds, lents et isolés les uns des autres, qu'un chrétien va mourir, et que c'est l'heure de prier pour lui.

Si on songe que le bourg de Rochecave contient à peine deux cents habitants, et que je savais mon père très-malade depuis

quelques jours, on comprendra mes an-
goisses.

Je récitai un *Miserere* pour ce moribond
quel qu'il fût, et, rassemblant mon cou-
rage, je me dirigeai vers le moulin.

Tout portait, aux environs, les signes
de la désolation. On voyait que l'œil du
maître manquait depuis longtemps. Le jardin était couvert de décombres et de bois
jetés là pêle-mêle. La roue ne tournait pas,
et le tic-tac était muet. Où étaient mes
beaux pigeons blancs, noirs, mordorés, qui
avaient coutume de promener leurs pattes
rouges sur la toiture enfarinée de notre
maison? Pourquoi Fidèle n'aboyait-il pas?

Mon cœur se serrait à chaque pas que
je faisais en avant; et ce fut d'une main
hésitante que je pressai le loquet de la porte
rustique.

Dieu, qui mesure le vent et la froidure à
la toison de la brebis, m'avait ménagé : le
glas funèbre était pour une jeune fille du
bourg.

Mon père, quoique très-malade, était encore en pleine connaissance.

Avec quelle tendresse il m'accueillit!

Avec quelle joie je le pressai contre mon cœur !

Je relevai ma pauvre mère à bout de forces, et je veillai nuit et jour notre cher malade.

Hélas! ses forces diminuaient rapidement.

J'allai un matin chez M. le curé, et lui demandai, les larmes aux yeux, s'il ne serait pas temps de proposer à mon père les derniers sacrements.

« Tranquillisez-vous, mon enfant, me dit-il ; les chrétiens de la trempe de Robert n'ont pas besoin d'être sollicités ni même avertis; il faut les laisser à leurs inspirations. Je réponds de tout. »

Quelques jours plus tard, M. le curé étant venu voir le malade, celui-ci fit signe à ma mère et à moi de le laisser seul avec le prêtre. Lorsque nous rentrâmes, il nous dit simplement qu'il désirait recevoir le lendemain le saint viatique.

Je me rendis de bonne heure à l'église avec mon oncle. Nous assistâmes à la messe, à l'issue de laquelle nous accompagnâmes, tête nue et le cierge à la main, le prêtre qui porta à mon père le saint Sacrement.

L'hiver était venu; la neige couvrait la campagne, assourdissant le bruit de nos pas: on n'entendait que le son de la clochette. A l'entrée du village, plusieurs habitants sortirent avec un cierge allumé, et se joignirent au cortége. La chambre du malade se trouva pleine d'assistants agenouillés et en prière.

Oh! qu'elle fut simple et grande à la fois cette cérémonie!

La mort du vrai chrétien dépasse de cent coudées la mort des héros qui ne sont que des héros.

Mon père se recommanda aux prières de ses amis et de ses voisins, et leur demanda pardon des scandales qu'il avait pu leur donner.

Tout le monde pleurait.

Il s'éteignit doucement, trois jours plus tard, après m'avoir béni et m'avoir confié ma mère.

Les funérailles me montrèrent combien, malgré sa pauvreté et son obscurité, ma famille était estimée dans le pays. On vint à la messe de la sépulture de deux lieues à la ronde. Des nobles, des bourgeois, plusieurs prêtres, suivirent la bière de l'humble meunier, et vinrent me serrer silencieusement la main.

« Honnêteté oblige. » Que de fois je me suis rappelé cette pensée dans les découragements et les tentations dont ma vie n'a point été exempte!

Je m'étais souvent demandé, pendant les longues nuits passées à veiller et à soigner mon père, ce que je ferais lorsque Dieu l'aurait rappelé à lui. J'étais bien décidé cette fois à solliciter, dans le canton, une place d'instituteur primaire. Ma mère, cela va de soi, habiterait avec moi. Comme nous serions heureux! Quelle différence entre cette bonne vie des champs et l'existence tourmentée, quoique ennuyeuse, que j'avais menée jusque-là dans ces officines de latin et ces fabriques de bacheliers!

Tels étaient mes projets.

Malheureusement on ne fait pas sa destinée, on la subit presque toujours.

Mon père, qui gagnait à peine de quoi

vivre, n'avait pas pu acquitter la dette contractée pour subvenir aux frais de mon instruction. Il restait débiteur d'un peu plus de trois mille francs, empruntés à des parents, des amis ou des voisins.

Impossible à un instituteur de campagne de réaliser des économies suffisantes pour payer cette somme.

Au lieu d'exalter, comme on fait depuis quelque temps, les maîtres d'école, il vaudrait mieux les rétribuer convenablement. Peu de fonctions sont aussi utiles que les leurs. Je me rappelle d'avoir lu un livre qui établit que la rénovation matérielle et morale des communes françaises dépend du maire, du curé et de l'instituteur. Rien n'est plus vrai. Il y a là un triumvirat sauveur.

Je reviens à mon récit après cette petite digression.

Mon projet de solliciter une place de maître d'école fut ajourné jusqu'à l'entier paiement des dettes de mon père, et je m'occupai avec activité de trouver une place de précepteur dans une riche maison.

J'y réussis après bien des démarches. On m'offrit, outre le logement et la table, mille francs par année. Je calculai qu'il me faudrait environ cinq ans pour éteindre ma dette, intérêts et principal, et je pris avec les créanciers des arrangements en conséquence.

Ma mère ne voulut pas quitter le moulin, de la fenêtre duquel elle apercevait le cimetière et les tombeaux de son mari et d'une fille morte en bas âge. Le nouveau meunier, qui était un peu notre cousin, consentit à lui donner une chambre, et à la prendre en pension. Je fixai le prix de cette pension à quatre cents francs. L'excellente femme se récria beaucoup, assurant que c'était deux fois plus qu'il ne fallait, et qu'elle voulait encore travailler. Elle finit par céder.

Au milieu des peines qui ont rempli ma vie, j'ai eu au moins le bonheur de procurer à ma mère un peu d'aisance et de repos dans ses dernières années.

Je ne voulus pas quitter la Rochecave sans avoir fait célébrer un service pour l'âme de mon père. Il y vint presque autant de monde qu'il s'en était trouvé à l'enterrement.

Les larmes que versent sur leurs morts ceux qui n'ont pas la foi ne sont qu'amères. Pour qu'elles soient consolées et fécondes, il faut les mêler de prières et d'espérance.

Après deux mois de séjour à la Rochecave, je partis pour Bourges, résidence d'hiver de la famille chez laquelle j'allais être précepteur.

CHAPITRE VIII

La famille de T...

Le jeune homme que sa mauvaise étoile obligera de se mettre précepteur dans une famille fera bien de déterminer clairement ses droits et ses devoirs, le temps qu'il compte donner à ses fonctions et celui qu'il désire se réserver.

Sans ces précautions, il s'expose à se voir attaché à son élève comme un gendarme à son prisonnier. Ceci soit dit sans vouloir presser la comparaison.

Quelque intéressant et aimable que soit un fils de famille, il finit par fatiguer un peu lorsqu'on l'a sur les bras depuis son lever jusqu'à son coucher.

Les salles d'asile, écoles, pensions, colléges, internats et externats ont été inventés en grande partie pour décharger messieurs les parents d'une surveillance trop continue.

Pourquoi vouloir jeter tout entier sur les épaules d'un étranger un fardeau trouvé trop lourd pour les épaules paternelles?

Quoi qu'il en soit de ces réflexions, à peiné installé en qualité de précepteur chez M. de T..., je me vis chargé du jeune Georges tout le long du jour. A mes réclamations discrètement exprimées on répondit que c'était l'usage, et que mes prédécesseurs s'y étaient conformés.

Dès lors je n'eus plus qu'une chose à faire : m'accoutumer à vivre avec Georges depuis six heures du matin jusqu'à neuf heures du soir.

J'y avais quelque mérite, tant le pauvre enfant était lourd d'esprit et épais de cervelle.

Le plaisant était que M. et Mme de T...
n'en voulaient pas convenir le moins du
monde : Georges peu intelligent ! allons
donc !

Ils préféraient l'accuser de paresse, d'en-
têtement, de mauvaise volonté, de tous les
défauts.

On ne devinerait jamais à quoi était
destiné cet enfant, arrivé à douze ans sans
savoir bien lire et écrire : à l'École polytechnique tout simplement.

Est-ce que Georges pouvait embrasser
une carrière moins honorable que la ma-
rine militaire, dans laquelle était entré son
cousin Léon ?

Six professeurs avaient inutilement jeté
le bon grain sur ce terrain ingrat.

J'étais le septième, et il me fut bientôt
démontré que je ne récolterais pas une
moisson plus abondante que celle de mes
prédécesseurs.

Chose singulière ! Mlle de T..., sœur
jumelle de Georges, avait une intelligence
exceptionnelle. Elle apprenait en se jouant
et obtenait chaque année tous les premiers prix d'un brillant et nombreux ex-

ternat. Ces succès causaient aux parents une satisfaction médiocre. Ah ! si c'eût été Georges...

Le pauvre garçon, s'entendant citer à tout propos sa sœur comme exemple et comme modèle, finit, malgré son bon naturel, par la jalouser et la prendre en grippe.

Mlle Marie, de son côté, n'était pas loin de regretter des succès qui lui a..énaient le cœur de son frère.

« Monsieur Robert, me dit-elle un jour, ne pourriez-vous pas faire faire des progrès à Georges? j'en serais si heureuse ! »

Comme les progrès tardaient à venir, elle prit le parti de manquer quelques prix et couronnes afin d'éclabousser moins le jumeau des rayons de sa jeune gloire.

Je n'aurais donné à tout cela que l'attention qu'on donne à une famille honorable et à des enfants bien élevés au milieu desquels on vit, si ma tranquillité n'avait été en jeu.

Il paraît que j'avais été vanté à M. et à Mme de T... bien au delà de mes mérites. J'étais, leur avait-on assuré, un

modèle d'énergie et de patience, de douceur et de fermeté : je convertissais les
paresseux ; j'ouvrais l'intelligence aux esprits obtus ; je savais donner des charmes
aux racines grecques et aux équations algé-
briques ; bref, j'étais le phénix des professeurs.

Il en fallut rabattre. Après avoir reçu
mes soins pendant cinq mois, M. Georges
continua d'émailler de grosses fautes d'orthographe les pattes de mouche qu'il tra-
çait sous ma dictée et dont la plupart passaient sous les yeux de ses parents.

Comme il était convenu que l'écolier
était l'intelligence même, on s'en prit à
moi : on me donna à entendre que j'étais
un peu mou, et que je me contentais trop
facilement.

On voulut même me faire prendre l'initiative d'un système de rigueurs et de pu-
nitions dont je refusai d'accepter la res-
ponsabilité.

Comme M. de T... insistait, je déclarai
franchement qu'il ne me paraissait ni juste
ni raisonnable de demander à un enfant
plus qu'il ne pouvait donner.

A partir de cette réponse peu politique, il fut évident que je grossirais, à la fin de l'année, sinon plus tôt, la liste des précepteurs démissionnaires ou congédiés.

J'aurais préféré figurer dans la case des démissionnaires ; mais j'avais à payer cinq cents francs aux créanciers de feu mon père, quatre cents francs pour la pension de ma mère ; ma garde-robe, quoique soigneusement ménagée, offrait des vides effrayants ; je n'étais pas sûr de trouver sur-le-champ une position équivalente à celle que j'aurais abandonnée : force me fut de patienter.

Les domestiques avaient été convenables tant que les maîtres m'avaient montré de la considération ; ils s'aperçurent que mon crédit baissait, et je ne tardai pas à avoir à me plaindre de leurs procédés.

Une chose me consolait : le bon naturel et la piété naissante de Georges. Il aimait le bon Dieu, la prière et les pauvres. Il suait sang et eau afin d'apprendre les chapitres du catéchisme indispensables pour être admis à la première communion.

J'ai su plus tard que Georges de T... était

devenu chrétien exemplaire , agriculteur
de mérite, et conseiller général très-suffi-
sant. Mᵐᵉ de T... épousa, contre la volonté
de ses parents, un jeune étourdi qui la ren-
dit fort malheureuse.

Je le répèterai à satiété : l'instruction
n'est pas l'essentiel. Moralisons d'abord,
christianisons la jeunesse, faisons passer
le cœur avant l'intelligence. Il est bien
rare qu'un homme noble, énergique, généreux, doux, charitable et pieux ne soit
pas assez instruit.

Sans doute la science , et quelquefois
une grande science, est indispensable dans
certaines fonctions; encore peut-elle être
suppléée par la modestie et l'amour du
travail. Les professeurs que j'ai vus faire
les meilleurs élèves n'étaient point toujours
les plus savants, mais les plus laborieux et
les plus consciencieux.

J'atteignis à force de patience l'époque
des vacances, et je pris congé de la famille
de T... Ce ne fut pas sans regret que je
quittai Georges. Lui-même pleura en m'em-
brassant.

Quoique j'aie eu soin de ne pas nommer

dans ces humbles mémoires la famille sous le toit de laquelle j'ai vécu pendant dix mois, je ne voudrais pas qu'on prît d'elle une idée trop défavorable. M. de T... était la justice et la probité mêmes; sa femme avait de solides principes chrétiens; leur malheur était de s'être entêtés de l'idée de l'École polytechnique. Si Georges avait eu seulement la moitié de l'intelligence de sa sœur, nous nous serions tous entendus, et il est à croire que j'aurais planté là ma tente pour cinq ou six ans. La Providence en décida autrement. Je dus me mettre en quête d'une nouvelle place de précepteur.

CHAPITRE IX

Mon ami Perrin. — Pastorale. — Catastrophe.

J'allais m'occuper de chercher cette place lorsque je reçus de Paris une lettre de mon ami Louis Perrin qui arrêta mes recherches.

3*

Perrin était, comme moi, un enfant du peuple. Il naquit, dans une ville de la Creuse, de Joseph Perrin, perruquier-coiffeur, lequel possédait dans la Grand'-Rue une petite boutique ayant pour enseigne un bras de fer-blanc plongeant dans un plat à barbe de cuivre avec ces mots écrits au-dessus : *A la main légère.*

M. Cyprien Verpré, professeur de cinquième en retraite, prit un tel goût à la main légère qu'il se fit raser tous les matins. La main-d'œuvre d'un barbier n'est pas ruineuse, et l'ex-professeur s'en serait tiré s'il n'avait pas donné immodérément dans les *laits d'Iris*, les *savons d'amandes amères*, l'*eau de Flore,* les pâtes qui empêchent la barbe de blanchir, et les élixirs qui font pousser le cuir chevelu.

Pour diminuer son compte et peut-être en obtenir quittance, il entreprit de donner des leçons de latin au jeune Louis.

Le collége suivit, puis le baccalauréat, puis le dégoût de la profession paternelle, et le départ pour Paris avec cent francs dans sa poche et le conseil de les économiser, parce que c'était tout ce que le père

Perrin pouvait ajouter au bienfait de l'instruction.

Louis, que j'avais connu à Saint-Gilles, avait beaucoup plus d'entrain et d'initiative que moi. Il ne tarda pas à devenir le premier professeur d'une importante fabrique de bacheliers. Cet établissement traitait tantôt au mois, tantôt à forfait. Une foule de magistrats, d'officiers, de grands et de petits fonctionnaires, aujourd'hui bien en selle, doivent à mon ami Perrin d'avoir mis le pied à l'étrier.

Tel était le personnage qui m'écrivait. Voici maintenant sa lettre :

« Mon cher Robert, nous venons d'avoir huit bacheliers ès lettres et cinq ès sciences sur trente candidats. C'est un succès si on considère la pauvreté intellectuelle des sujets. Je crois que la France périra d'un ramollissement général du cerveau, et le baccalauréat, tel qu'il est établi, y aura contribué pour sa part. Quoi qu'il en soit, je suis morfondu, brisé, moulu, et je vais manger sur n'importe quelle plage maritime les trois cents francs de gratification

que le patron de la fabrique m'a donnés
pour services exceptionnels. Figure-toi que,
depuis six mois, sur vingt-quatre heures
dont se composent le jour et la nuit, j'en
ai passé dix-huit à gorger nos candidats
des matières de l'examen, à peu près comme
dans notre pays on gorge les dindons et les
oies qu'on veut engraisser.

« Les vacances doivent t'avoir rendu
libre. Si le cœur t'en dit, j'ai à t'offrir pour
trois mois une place de précepteur dans
une très-honorable famille. Il s'agit de
renforcer sur la version un jeune aspirant
à l'école de Saint-Cyr qui a échoué une
première fois pour avoir prêté à Pline
le Jeune des propos qu'il n'avait jamais
tenus.

« L'élève a bon caractère; l'habitation
est à la campagne et charmante; le traitement, de cent francs par mois. Réponse
courrier par courrier. Je te donne la préférence; mais il y a sur le pavé de Paris
une nuée de bacheliers, beaucoup de li-
cenciés, et même de docteurs ès lettres en
peine de vivre pendant les vacances, et à
qui ma place irait comme un gant.

« Regrettes-tu ton poétique moulin?
Pour moi, j'en veux à M. Verpré de m'a-
voir fait quitter les rasoirs paternels. Je
serais à cette heure bien tranquille dans
ma petite ville, marié, père de famille
peut-être. Cela serait plus sain pour le
corps et pour l'âme que la vie de galé-
rien et de célibataire que je mène ici.

« Tout à toi.

Louis PERRIN,

« Fabricant de bacheliers. »

J'essayai de répondre à cet excellent
garçon sur le ton dégagé employé par lui;
mais ce n'était pas dans mes moyens. Je
me contentai donc de lui dire que je le
remerciais, et que j'acceptais.

Cinq jours plus tard, j'étais installé dans
une belle maison située sur le bord de la
Loire.

Je passai là deux mois délicieux. Quoiqu'il eût fait des études médiocres, Gaston
était intelligent, et je ne désespérai pas de
lui apprendre à tourner proprement en
français une page latine de moyenne diffi_

culté. Sa famille était pleine d'attentions pour moi. On m'avait mis dans une chambre donnant presque immédiatement sur la Loire, et de la fenêtre de laquelle je me grisais de bon air et de toutes sortes de senteurs champêtres et fluviales.

Comme mon grand écolier n'avait pas besoin d'être surveillé à l'étude, ni même au bain et à la promenade, j'étais libre de ma journée, après deux heures de travail le matin et autant le soir.

Ce fut une vraie débauche de liberté. Depuis trois ans que j'étais bachelier, j'avais manqué encore plus de loisir que d'argent, et Dieu sait que ce n'est pas peu dire. Avec quel bonheur je suivais les bords de la Loire, chaussé de gros souliers ferrés, tenant à la main un bâton rustique ou une gaule à pêcher! Parfois je me roulais avec délices sur le gazon. Un fermier avec lequel j'avais fait connaissance me proposa de donner des leçons d'écriture et de calcul à son fils. Je renvoyai bien loin cette proposition, et je lui offris de lui aider à secouer ses regains. Je me joignis aux faucheurs et aux faneuses, le chapeau de

paille sur la tête et le râteau à la main.
Pour un peu plus j'aurais grimpé sur la
charrette chargée de foin qui se dirigeait
toutes les heures vers la grange.

Ah ! que les Églogues et les Bucoliques
de Virgile sont fades ! et qu'on est à plaindre
de passer sa vie à éplucher des mots grecs
et latins !

Et dire qu'il y a des laboureurs et des
hommes des champs qui envient la destinée du moindre gratte-papier auquel ils
voient des souliers cirés et un paletot !

Insensés ! ingrats !

Cette pastorale devait finir comme un
drame, sinon comme une tragédie.

Un certain jeudi, vers dix heures du
matin, j'achevais de déjeuner avec la famille L..., lorsque M. L... alla ouvrir la
fenêtre de la salle à manger et regarda assez longtemps dans la campagne. Il revint
ensuite à sa place, et donna l'ordre au domestique de faire venir sur-le-champ tous
ceux qui habitaient la maison. Six domestiques, dont une femme de chambre et la
cuisinière, arrivèrent au bout de quelques
minutes.

M. L... avait l'air soucieux.

« Mes amis, dit-il, un vol considérable a eu lieu hier soir chez moi. Ne trouvez pas mauvais que je cherche à découvrir le coupable. M. le commissaire de police du canton et ses agents vont être ici dans cinq minutes. Que personne ne bouge. »

Il achevait à peine de parler, que nous entendîmes une voiture rouler et s'arrêter dans la cour. Le commissaire entra dans la salle à manger, suivi de quatre gendarmes.

Ce monsieur nous annonça sans plus de cérémonie que, l'objet dérobé étant volumineux, il se dispenserait, pour le moment du moins, de fouiller les personnes ici présentes, mais qu'il allait procéder sans retard à l'inspection de leurs chambres.

« Je vais commencer, ajouta-t-il, par prendre les noms. »

Chaque domestique déclina son nom, son âge et son emploi.

Je rougissais et pâlissais pendant cette opération, me demandant si on me ferait l'affront de me soupçonner de vol.

Le regard du commissaire alla de M. L...

à moi. Ce regard signifiait : Faut-il prendre le nom de ce monsieur?

Gaston ouvrit la bouche pour parler; mais son père lui imposa silence du geste et dit : « Monsieur se nomme Robert, et est précepteur de mon fils. Je regrette beaucoup de ne pas l'exclure de ces recherches; mais il comprendra lui-même qu'en ce qui le regarde c'est une pure formalité.

— Très-bien, Monsieur! très-bien! répondis-je d'une voix altérée par la honte et l'émotion. Je demande seulement que ma chambre soit inspectée la première. Je désire prendre la diligence qui passe à midi sur la route, et je n'ai pas de temps à perdre. »

Gaston sortit les larmes aux yeux; le reste de l'assistance garda un silence glacial, et je suivis M. le commissaire et deux gendarmes dans mon appartement.

Cette visite, que M. L... appelait une simple formalité, fut faite avec un soin minutieux. Les armoires furent ouvertes et fouillées, ma malle vidée sur le parquet, mon lit sondé.

Cette opération achevée, M. L... me dit :
« Je n'insiste pas pour vous retenir : vous
êtes seul juge de la manière de comprendre
votre dignité. Permettez-moi seulement
de vous prier de rester jusqu'à ce que le
vol soit découvert. Vous verrez que, si j'ai
pu manquer de délicatesse, je ne suis pas
sans raisons et sans excuses. » Je m'inclinai,
et remis ma petite malle en ordre pendant
que l'inspection continuait dans les autres
chambres.

Une heure plus tard on découvrit, dans
une soupente voisine de l'écurie et à l'usage
du cocher, une boîte contenant pour dix
mille francs d'argenterie et de bijoux.

Je partis, ainsi que je l'avais annoncé,
malgré les larmes de Gaston et les suppli-
cations de madame sa mère.

Avoir ruiné mes pauvres parents, avoir
conquis au prix de mille peines l'instruction, l'éducation et les sentiments d'un
homme bien élevé, et me voir traité comme
un domestique et soupçonné de vol, c'était
dur !

Aujourd'hui que le malheur et la souffrance m'ont instruit, je me demande si je

n'aurais pas dû accepter les excuses de
M. L... et rester. J'eusse fait acte d'humi-
lité, et cette vertu chrétienne vaut mieux
que le sentiment de fierté auquel je cédai
avec trop de vivacité peut-être.

CHAPITRE X

M. Brisefer. — L'hôpital. — Convalescence.

Les bords de la Loire sont couverts de
belles et riches habitations : il ne me fut
pas difficile, en quittant la famille L..., de
trouver à me placer ailleurs.

Je serai bref sur mon séjour chez M. X...
Au bout de trois mois, l'honneur et la
conscience m'obligèrent à fuir. Oh ! que
je m'applaudis aujourd'hui d'avoir aimé
plus que tout l'austère beauté du devoir
et de la vertu !

J'avais besoin d'oublier, et l'éloignement
facilite l'oubli : j'écrivis donc à Louis Perrin pour le prier de me procurer une
place dans quelque pension de Paris. Il

me répondit de partir, d'arriver, et que la place se trouverait toujours.

Ce brave garçon m'obligea à partager sa chambre et sa table. Il obtint un congé de huit jours, pendant lesquels il me promena à travers toutes les merveilles de la capitale.

« A demain les affaires sérieuses, » répondit-il lorsque je le suppliais de s'arrêter.

Il se décida enfin à me chercher une place. Il eut de la peine à la trouver, et elle n'était guère bonne.

« Mon pauvre Robert, dit-il, prends toujours cela en attendant mieux. »

Lorsque je me plaignais de la pension de M. Chalumeau, je ne connaissais pas celle de M. Brisefer. M. Chalumeau était un *marchand de soupe,* c'est vrai, mais encore la soupe était-elle abondante et saine. Ce qui se buvait et se mangeait chez M. Brisefer n'a, pour parler comme Bossuet, aucun nom dans aucune langue... culinaire.

Le pain seul était frais et servi tel qu'il sortait de la boulangerie; aussi nos cin-

quanté pensionnaires tombaient-ils dessus
comme des affamés. C'est moi qui prési-
dais le réfectoire, et naturellement je don-
nais à cette jeunesse le temps de manger.
Ce temps variait entre quinze et vingt
minutes, selon le degré de cuisson ou de
dureté du quartier de vache.

Mme Brisefer mère, née Coquelicot, me
fit discrètement remarquer que je prolon-
geais peut-être un peu trop le repas : ce qui
empiétait sur la récréation, si nécessaire
pourtant à une bonne digestion.

Comme je feignis de ne pas entendre,
Mme Brisefer jeune vint à la rescousse. Je
répondis alors que je n'abrégerais le repas
que sur l'ordre formel de M. Brisefer, et
après qu'il aurait annoncé lui-même cette
mesure aux élèves.

On se tut; mais le lendemain je remarquai que le pain, au lieu d'être frais, avait
au moins deux jours. Les élèves n'y prirent
pas garde, et en dévorèrent autant, sinon
plus, que les jours précédents.

On arriva insensiblement à servir du
vrai biscuit. Les élèves s'amusèrent pendant deux ou trois jours à le briser avec le

4

manche de leurs couteaux. Ils se lassèrent
bientôt de ce jeu, et l'un d'eux, s'étant cassé
une dent en mâchant son biscuit, donna
le signal de la révolte. Ils sortirent à la
débandade du réfectoire, et se rendirent
sous les fenêtres de M. Brisefer en chan-
tant : Du pain frais! du pain (.adre! sur
l'air des Lampions.

Le maître de pension me reprocha assez
aigrement de manquer « de force morale ».

Il affectionnait ce mot, et l'employait à
tout propos.

La force morale des professeurs devait
remplacer le règlement qui n'existait pas,
ou qui disparaissait sous la multitude des
exemptions et des permissions. La force
morale devait tenir lieu de murailles, de
grilles et de verrous. Un élève étant descendu de nuit dans la rue par une croisée,
et ayant été conduit au poste par la pa-
trouille pour tapage nocturne et bris de
vitres, cette équipée mit naturellement
M. Brisefer de fort mauvaise humeur. Il
prétendit que, si certain professeur avait
eu plus de force morale, cela ne serait pas
arrivé.

J'allais quitter cette galère lorsque je tombai dangereusement malade. En voyant le bouge étroit et infect, décoré du nom d'infirmerie, où je fus porté, je suppliai qu'on me conduisît à l'hospice. M. Brisefer se hâta d'accéder à ce pieux désir.

Je fus deux mois aux prises avec une fièvre typhoïde, de laquelle je serais mort sans les soins de Louis Perrin, qui parvint à intéresser à mon sort tout le personnel de la salle dans laquelle j'étais. J'eus le temps, pendant la convalescence, de faire des réflexions fort tristes. Comment paierais-je, cette année, la pension de ma mère ? Comment satisfaire aux engagements que j'avais pris avec les créanciers de mon père ?

Des soucis plus cuisants peut-être se joignaient à ces préoccupations. La fièvre typhoïde m'avait laissé, avant de prendre congé, deux souvenirs de sa visite : une demi-surdité et un affaiblissement considérable de la mémoire.

Il y a une multitude d'états qu'on peut exercer avec une oreille dure et une mémoire absente ; mais qui voudrait d'un professeur sourd ?

Cependant ma convalescence se prolongeait ; l'air de l'hospice menaçait de m'être nuisible. Perrin écrivit, sans me consulter, à M. l'abbé X..., supérieur du collége de Saint-Gilles. Il lui dépeignait ma situation, et insistait sur la nécessité de quelques semaines de soins et de repos à la campagne. Malheureusement, ajoutait-il, il aura de la peine à trouver cela auprès de sa pauvre mère, laquelle d'ailleurs ignore sa maladie, et ne l'apprendrait pas sans éprouver quelque secousse dangereuse à son âge.

La réponse ne se fit pas attendre. M. le supérieur de Saint-Gilles m'écrivit une lettre que j'ai gardée précieusement, et que je transcris ici.

« MON CHER ENFANT,

« J'ai appris par une mauvaise tête et un bon cœur (vous devinez que je veux désigner Perrin), j'ai appris que, après avoir fait une grave maladie, vous étiez convalescent. J'ai habité deux ans Paris, et je sais combien les malades ont de peine à s'y rétablir complétement : savez-vous l'idée qui m'est venue? Ç'a été celle de vous offrir, en toute simplicité et cordialité, l'hospitalité à Saint-Gilles. Vous trouverez ici deux de vos anciens professeurs et moi. Nos ombrages, notre salle de bain, nos légumes frais, le bon lait de nos vaches, subsistent toujours. Venez donc vite : autrement nous sommes brouillés à jamais, et je vous renie pour un enfant du collége de Saint-Gilles. »

Il est de mode, dans un certain monde, de se plaindre des prêtres ; pour moi, je déclare n'avoir reçu d'eux que des bien-faits, des services et des exemples de cha-rité et de vertu.

Je passai un mois à Saint-Gilles, et tout ce que j'y remarquai me convainquit de plus en plus que la question de l'ensei-gnement est, avant tout, une question de dévouement. Vous pourrez instruire la jeu-nesse, mais vous ne l'*éléverez* pas, c'est-à-dire vous ne la rendrez pas morale et virile si vous n'avez pas des maîtres dévoués. Les maîtres dévoués ne peuvent être que des maîtres chrétiens. Faites donc des écoles chrétiennes partout.

Telle est ma conviction bien arrêtée. Peut-être mon expérience me donne-t-elle le droit d'avoir une opinion en ces matières et de l'émettre.

Le bien réalisé par l'homme ne sera jamais absolu et parfait. Je crains que les excellents prêtres du collége de Saint-Gilles et des autres établissements de ce genre n'aient contribué au déclassement social, qui est une de nos plaies, par leur désintéressement et en mettant l'étude du latin à la portée des plus humbles familles.

Pour un jeune homme que le latin et le baccalauréat ont conduit à une position honorable et à une carrière utile à lui-même et à la société, j'en citerais dix qui ont été obligés de retourner à la profession paternelle, ou de végéter dans un professorat mal payé, ou de se faire soldats, ou de se jeter dans le journalisme radical et impie.

Je fis à Saint-Gilles une rencontre qui

me confirma dans cette opinion. Julien
Lenoir, élève de Saint-Gilles et fils d'un
très-simple artisan, avait eu la bonne idée
de se mettre, quoique bachelier, à la vente
du savon, du sel et du sucre. Il était voya-
geur de commerce, et était venu, en pas-
sant, saluer ses anciens maîtres. Comme
il voyageait partout, Julien savait ce qu'é-
taient devenus presque tous nos anciens
camarades. Il me donna sur leur compte
des renseignements aussi exacts que peu
consolants.

Les fils de bourgeois avaient pu passer
de l'instruction secondaire à l'instruction
supérieure; la plupart avaient réussi, et
étaient devenus qui avocat, qui magistrat,
qui médecin, qui pharmacien, qui rece-
veur d'enregistrement, qui élève de Saint-
Cyr.

Quant aux pauvres diables non favorisés
de la fortune et que leurs parents avaient
envoyés au collége, ils faisaient presque
tous assez triste figure dans le monde.

« Qu'est devenu, dis-je à Julien, Pierre
Martin, qui me disputait les premiers
prix ?

— Il est en passe de devenir maréchal
de France, c'est-à-dire qu'il est sergent-
fourrier au 97° de ligne. Ce n'était pas
la peine, n'est-ce pas, de passer sept ans
au collége pour en arriver là?

— Et Auguste Blimond?

— Acteur sur un théâtre du quatrième
ordre, aux appointements de quatre-vingts
francs par mois.

— Et Justin Pernois?

— Une façon de journaliste, bretteur,
videur de chopes, sur le chemin qui mène
à l'hospice, et quelquefois à la Morgue.

— Et Louis Savinien?

— N'en parlons pas. Il est mort il y a
six mois, et ce n'est qu'un malhonnête
homme de moins.

— Et Nicolas Moreau?

— Celui-ci a eu le bon esprit de retourner à la boulangerie paternelle. Il a
épousé une femme charmante, et fait d'excellentes affaires. Beaucoup de ses camarades de collége seraient heureux s'il voulait leur donner du pain à crédit. C'est
un des rares bacheliers sortis des rangs

du peuple à qui le baccalauréat n'aura pas nui. »

Julien Lenoir me proposa de me donner une place dans sa voiture, et de me conduire jusqu'à la Rochecave, qui était sur son chemin. Comme j'étais parfaitement rétabli, je pris congé de M. le supérieur, après l'avoir remercié de mon mieux de sa charitable hospitalité.

Ma mère me reçut avec la joie qu'on peut se figurer. La pauvre femme avait ignoré ma maladie. Je passai huit jours auprès d'elle. Après avoir complété le prix de sa pension avec la vente de ma montre, il me resta cinq francs. Je me demandai ce que j'allais devenir. Avec quel bonheur j'aurais quitté l'enseignement du latin ! Malheureusement j'étais obligé de me faire justice, et de reconnaître que je n'étais propre qu'au préceptorat. J'hésitai cependant, et peut-être allais-je essayer de tenir les livres d'un commerçant d'une petite ville voisine, lorsque M. le supérieur de Saint-Gilles vint à la Rochecave m'apprendre qu'il avait trouvé à Rennes, chez M. le comte de Septfontaines, un excellent emploi de précepteur. Il n'y avait pas à hésiter, et je devais partir sur-le-champ.

Je suivis ce conseil.

CHAPITRE XI

Une rencontre dangereuse.

La voiture que je pris pour aller à Rennes ne renfermait qu'une place vacante, dans le coupé. Mon entrée parut déranger fort un gros monsieur qui écrivait avec un crayon sur ses genoux, et était entouré de plusieurs liasses de papiers.

Au bout de quelques minutes, je m'aperçus que mon compagnon de route était sous le coup d'une préoccupation singulière : il craignait d'aller trop vite et d'arriver trop tôt.

« Vous voulez donc nous faire verser ? criait-il au conducteur : c'est une course insensée. »

Cela m'intriguait un peu.

Je ne tardai pas à avoir l'explication de l'énigme, grâce à quelques paroles échappées au gros monsieur.

Il corrigeait des épreuves d'imprimerie qui devaient être mises à la poste dès notre arrivée à Rennes. Il craignait d'atteindre cette ville avant d'avoir achevé ses corrections.

M. Chalumeau ayant fait imprimer une grammaire de sa façon, j'avais dû lui aider à corriger les épreuves de ce livre; je connaissais donc l'art de signaler aux compositeurs les erreurs qu'ils font dans la reproduction du texte qui leur est confié : aussi offris-je modestement au gros monsieur de l'aider dans son travail.

Je ne paie pas de mine, et j'ai plutôt l'air d'un paysan aisé que d'un bachelier ès lettres et d'un latiniste. Je fus regardé et toisé d'une façon qui signifiait : Êtes-vous capable de corriger des épreuves?

Je me hâtai de répondre à cette interrogation muette.

« Monsieur, dis-je, s'il ne s'agit que de rectifier l'orthographe, la ponctuation et les grosses fautes, je crois que je puis vousaider. Permettez-moi, au reste, d'essayer. »

Il y consentit, et me remit quatre feuillets avec un crayon.

Je ne tardai pas à les lui rendre. Il parut fort content, et me dit : « C'est la Providence qui m'a fait vous rencontrer. Je suis sûr maintenant que mes épreuves partiront ce soir. »

Il s'en fallut de peu qu'elles ne partissent pas. Nous achevâmes juste notre travail au moment où la diligence arrivait au bureau de Rennes. Il était évident que j'avais rendu service à mon compagnon de route.

Il m'invita à dîner avec lui à l'hôtel, et insista si poliment que je ne pus refuser. Nous causâmes, et j'eus bientôt exposé, avec mon passé, ma situation présente et mes projets d'avenir. Il était rédacteur et propriétaire pour une grosse part d'une des principales feuilles démocratiques de la capitale.

Ma jeunesse et ma franchise lui plurent

sans doute, car il me fit des propositions magnifiques.

« Laissez là, dit-il, votre préceptorat. C'est un état pénible, très-peu rétribué et humiliant. Parce qu'un mioche est né fils de marquis ou de millionnaire, est-ce une raison pour qu'il emploie à son seul usage une belle intelligence? Venez avec moi à Paris. Avant deux ans je veux que vous soyez un journaliste en renom. Vous avez du cœur et de l'imagination, ou, comme on disait du temps de Jean-Jacques, de la sensibilité; en ce moment ces cordes sont préférables à l'esprit sceptique dont le public commence à se lasser.

« En attendant que vous ayez appris à tenir une plume, je vous emploierai à ma correspondance, à la correction des épreuves et aux coupures dans les journaux. Comme je tiens les cordons de la bourse, et que vous me plaisez, je vous donnerai trois mille francs : c'est le double de ce que gagne celui qui tient l'emploi en ce moment.

« Vous êtes payé pour vous défier des hommes; nous ferons donc un traité, si cela vous est agréable, ou bien je vous donnerai d'avance le tiers ou même la moitié de vos appointements. »

J'étais confus, et je ne pus que me confondre en remercîments.

J'ajoutai : « Je ne demande qu'à payer les dettes de mon père, la pension de ma mère, et à vivre modestement moi-même. Au premier aspect, le journalisme me sourit bien plus que le professorat. En définitive, j'accepterais sur-le-champ si j'étais sûr que l'esprit et les principes de votre journal s'accordassent avec mes croyances et mes opinions.

— Qu'appelez-vous, répondit-il, vos croyances et vos opinions? En a-t-on à votre âge? Allons! acceptez. »

Comme je demandai à réfléchir et à voir le journal, il sortit d'un petit sac de voyage deux numéros du *National,* et me les donna en disant : « Lisez ceci, et demain rendez-moi réponse. »

Il me tendit la main, et alla se coucher.

J'en fis autant, car il était près de minuit.

On devine bien que je ne dormis pas. Ce qui m'arrivait me semblait un rêve. J'étais flatté d'avoir été distingué par un homme de talent. Lire des journaux et écrire des articles me semblaient autrement agréables que de corriger des thèmes et des versions. Enfin je goûtais beaucoup les trois mille francs de traitement. Mes dettes seraient payées avant trois ans; je prendrais ensuite ma mère avec moi, et, ma foi, nous tâcherions de nous consoler à Paris de ne pas être instituteur primaire à la Rochecave.

Ma main trembla lorsque je déployai le journal. Comme je souhaitais qu'il ne blessât pas trop ma conscience!

Heureusement le doute ne me fut pas permis. Premier-Paris, entre-filets, variétés, feuilletons, tout, jusqu'aux nouvelles diverses et au bulletin de la Bourse, tout respirait la haine de la religion, de l'Église et du sacerdoce.

Inutile d'examiner après cela les opinions politiques. L'impiété, qu'on le veuille ou non, conduit au socialisme et aux doctrines radicales.

Les rédacteurs de ce journal se vantaient à chaque instant d'aimer le peuple.

Je ne sais s'ils étaient sincères; ce qui est sûr, c'est que les ennemis du peuple n'auraient pas pu le tromper plus complétement.

On pense bien que je n'hésitai pas. Plutôt vivre misérable, plutôt mourir de faim que de renier ma foi et de tromper le peuple, des entrailles duquel je suis sorti!

« Eh bien? me dit le lendemain M. X...

— Merci, Monsieur, répondis-je; il m'est impossible d'accepter vos propositions, si généreuses qu'elles soient. Je suis convaincu que la religion catholique est divine, que seule elle peut assurer le bonheur des hommes, et en particulier le bonheur des classes laborieuses; que prêcher au peuple l'irréligion, c'est commettre le crime de lèse-humanité. Vous voyez donc que je ne puis écrire dans votre journal.

— C'est votre dernier mot? répondit-il.

— Oui, Monsieur.

— Je le regrette pour vous. » Il sortit, et je ne le revis plus.

J'ai songé souvent à cette circonstance

de ma vie, et il m'a toujours paru que j'avais surmonté une grande tentation et évité un grand péril.

Avec une foi moins vive et une connaissance de ma religion moins solide, j'étais perdu; j'allais grossir les rangs de ces empoisonneurs publics, de ces bêtes d'encre qui répandent partout leur venin et leur bave corrosive.

Un homme qui connaît à fond le monde des journalistes m'a assuré que la plupart des feuilles impies et radicales étaient écrites par de pauvres enfants du peuple qui, reçus bacheliers et ne pouvant aller au delà, saisissaient une plume, le seul outil que sût tenir leur main, et s'en servaient pour battre en brèche toutes les vérités divines et humaines. Les uns, esprits fanatiques et cœurs ulcérés, exhalaient leur colère et leur jalousie; les autres, sans convictions et sans passion, écrivaient pour vivre, disposés à se vendre au plus offrant.

Voilà donc où peut conduire une instruction imprudemment donnée!

Et qu'on ne m'accuse pas d'aimer l'ignorance! je la déteste presque autant que la science impie.

Que voulez-vous alors? me dira-t-on peut-être.

Je veux la raison et la prudence, et que le fils d'un pauvre meunier ne reç ve pas une instruction qui l'expose à être humilié dans sa jeunesse et malheureux le reste de sa vie; qui l'expose surtout à perdre son âme et celles de ses frères pour sortir d'une situation fausse, et atteindre ces positions plus ou moins brillantes dont on lui a donné le goût et le besoin, sans pouvoir lui donner les moyens complets d'y parvenir.

CHAPITRE XII

Une maison chrétienne.

M. le supérieur de Saint-Gilles n'avait point exagéré en appelant excellent l'emploi qu'il m'avait découvert à Rennes. M. le comte de Septfontaines, Mme la comtesse et leur fils Armand, étaient les plus nobles cœurs et les plus beaux caractères qu'on pût, je ne dis pas rencontrer, mais rêver de rencontrer.

J'ai passé là les trois seules années heureuses de ma vie.

Quoique mon ami Louis Perrin, légèrement républicain et démocrate, m'ait parfois reproché en riant d'avoir un faible pour la noblesse, je puis assurer qu'il n'en est rien, et que ce faible, qui serait une faiblesse bien pardonnable, ne doit pas m'être imputé. Je fus charmé par la foi, la franchise, la délicatesse, la générosité de M. de Septfontaines, et non par ses parchemins et les merlettes de son blason.

M. de T..., quoique de très-vieille souche, baron et, ce qui ne gâte rien, millionnaire, M. de T... m'a laissé de lui un souvenir fort ordinaire.

Comment n'aurais-je pas été ravi en voyant M. de Septfontaines, sa femme et leur fils partager complétement mes croyances, et aller à chaque grande fête

s'agenouiller avec moi à la table de communion de l'église du village! Il m'avait
fallu lutter depuis ma sortie du collège
pour remplir mes devoirs religieux les
plus essentiels. Que de fois l'assistance à
la messe du dimanche, l'abstinence du ven-
dredi et la communion m'avaient valu les
sarcasmes de mes supérieurs, les railleries
de mes collègues et, ce qui est plus triste
encore, les sourires philosophiques de messieurs les écoliers!

Une autre chose me plaisait. Jusque-là
j'avais eu affaire à des gens qui s'inquié-
taient fort peu des lettres et des beautés
classiques. M. de Septfontaines était un
esprit très-cultivé, et il y avait plaisir à
causer avec lui des matières qui faisaient
l'objet des études de son fils.

Il me fit présent d'une collection elzévir
des principaux auteurs grecs et latins.

Je me laissai aller à raconter l'histoire de
mon enfance, et comme quoi, de fils de meunier, j'étais devenu bachelier et professeur
de seconde dans un beau château. On m'é-
couta avec bienveillance, et on me répondit
qu'on me tenait pour bourgeois et même

pour noble, puisque j'étais instruit, bien élevé et bon chrétien.

Mme de Septfontaines envoya à ma mère un beau chapelet bénit par notre saint-père le pape, et une lettre dans laquelle elle lui donnait l'assurance que j'avais trouvé sous le toit que j'habitais une seconde famille.

Je répondais à ces bontés par une vive reconnaissance, la plus respectueuse sympathie et l'application la plus soutenue à mes devoirs de professeur.

Armand de Septfontaines venait d'achever sa rhétorique. J'exposai à son père la crainte que j'avais d'être insuffisant pour le cours de philosophie.

« Allons donc! dit-il; vous êtes modeste, laborieux et consciencieux : n'est-ce pas être philosophe? Les cours de philosophie et les manuels ne manquent pas pour vous aider. Je veux qu'Armand achève ses études ici.

— Alors, répliquai-je, faites-moi suppléer par quelqu'un pour la physique et la chimie, dont je sais à peine les premiers éléments.

— Soit, » dit-il.

Armand fut reçu bachelier à la fin de son modeste cours de philosophie, ni plus ni moins que s'il eût étudié à Louis-le-Grand.

Une preuve de plus que le travail et la conscience font les bons professeurs et les bons élèves.

Le lendemain de la conquête du diplôme, M. de Septfontaines me prit à part, et me dit: « Monsieur Robert, ce n'est pas avec un peu d'argent qu'on paie les services que vous nous avez rendus. Je voudrais vous procurer une position moins précaire et moins pénible que ce préceptorat ambulant. Si vous le voulez bien, vous accompagnerez Armand dans un voyage que je veux qu'il fasse en Italie et en Allemagne; après quoi je me charge de vous faire obtenir la place d'inspecteur des écoles primaires de l'arrondissement. J'en ai la promesse signée du recteur. C'est un poste honorable, suffisamment lucratif pour vos goûts, qui vous permettra d'appeler votre mère avec vous et de vous marier, si le cœur vous en dit. Que pensez-vous de mes propositions? »

Je ne pus que me répandre en actions de grâces, auxquelles M. de Septfontaines coupa court en me posant la main sur la bouche.

L'homme propose et Dieu dispose!

Huit jours après cet entretien, le choléra, qui avait fait quelques victimes dans les villes voisines, s'abattit avec fureur sur le château. Deux domestiques moururent en vingt-quatre heures; les autres prirent la fuite. M. le comte, M. le curé et moi fûmes obligés de donner la sépulture aux deux cadavres, personne n'ayant voulu se charger de cette tâche dangereuse.

Le lendemain, M. de Septfontaines et son fils étaient atteints, et mouraient au bout de quelques jours malgré les soins qui leur furent prodigués.

J'abrége ces navrants détails.

Mme de Septfontaines fut emmenée à moitié folle par sa famille. Je dus quitter le château, mon avenir et mon cœur brisés par une de ces catastrophes dont on ne se relève pas.

CHAPITRE XIII

Les dernières pages du manuscrit.

La plume est devenue pesante à mes doigts. Je n'éprouve plus aucun plaisir à me raconter à moi-même mon passé. D'ailleurs, qu'aurais-je à raconter? Depuis la mort de MM. de Septfontaines, tout s'est décoloré dans ma vie. Je suis allé de préceptorat en préceptorat, avec une santé chancelante et une âme découragée. Des cœurs semblables à ceux que le choléra glaça sous mes yeux, je n'en ai plus rencontré. Les natures droites avec lesquelles il m'est arrivé de vivre m'ont inspiré de l'estime, mais non cet attachement passionné que j'avais voué à la famille de Septfontaines.

Ma vie terne et monotone n'a plus compté qu'une seule joie : c'est celle que j'ai goûtée en recevant du dernier créancier de mon père une quittance définitive. Enfin j'avais fait honneur à mes engagements, et payé les frais de mon instruction ! J'y ai mis huit ans, et j'ai voulu solder principal et intérêts, jusqu'au dernier centime.

Trois pertes, presque également cruelles, me frappèrent. En 1863, j'appris, au fond de la Bretagne, la mort presque subite de Louis Perrin. Le pauvre garçon succomba, à trente ans, aux fatigues excessives de son métier. Ce trépas précoce n'a pas dû l'étonner. Que de fois je l'avais entendu comparer en riant les préparateurs de bacheliers aux entraîneurs de chevaux, et prétendre que préparateurs et entraîneurs mouraient tous jeunes !

En 1865, on m'écrivit à Bordeaux que M. l'abbé X..., supérieur de Saint-Gilles, était très-gravement malade. J'aurais voulu voler à son chevet ; des circonstances impérieuses m'en empêchèrent, et je le regrettai vivement.

Les libres penseurs prétendent qu'il n'y a plus de saints de nos jours ; s'ils avaient connu comme moi M. l'abbé X..., ils s'épargneraient ce blasphème.

4*

M. X..., sorti des premiers de l'École po-lytechnique, et pouvant choisir parmi les plus magnifiques carrières, entra à vingt-deux ans au grand séminaire de Saint-Sul-pice. Il y fut ordonné prêtre, et rappelé aussitôt par son évêque pour professer les mathématiques à Saint-Gilles. Le brillant polytechnicien passa là quinze ans à ensei-gner l'arithmétique et les éléments de la géométrie à une poignée d'écoliers.

L'évêque le nomma, malgré lui, supé-rieur.

J'ai vu rarement des hommes aussi sa-vants en toutes matières, et je n'en ai ja-mais rencontré d'aussi humbles et d'aussi charitables.

Il y a longtemps que, au lieu de prier pour M. l'abbé X..., je l'invoque comme un saint.

Qui sera sauvé, grand Dieu! si des âmes aussi parfaites n'entrent pas de plain-pied dans le ciel?

En 1866, au milieu du mois de septem-bre, et pendant un de ces courts séjours que je faisais chaque année à la Rochecave, ma mère s'éteignit doucement entre mes

bras. Ses derniers mots furent ceux-ci :
« Adieu, Robert! Je vais au ciel rejoindre
ton père! »

Elle repose à côté de son mari, dans le
cimetière de la Rochecave, tout au fond de
l'enclos funèbre, dans l'angle formé par la
muraille de droite, à dix pas du monument
de M. de Miremond. Entre la tombe de ma
mère et la muraille existe un espace assez
grand pour y creuser une fosse : c'est là que
j'espérais reposer.

J'ai renoncé à cette ambition. Selon
toutes les probabilités, je mourrai à Paris,
et serai transporté au Père-Lachaise, dans
la fosse commune : heureux si je ne passe
pas par la salle de dissection! Voilà ce que
c'est de devenir bachelier, latiniste, savant
et commensal de nobles familles au lieu de
rester dans son village!

Après la mort de ma mère, tous les malheurs fondirent sur moi. J'avais mis de
côté une quinzaine de cents francs : ces
humbles économies de plusieurs années
furent englouties dans la déconfiture d'un
riche notaire auquel je les avais confiées.
Ma santé s'altéra de plus en plus; j'avais

des quintes de toux qui me déchiraient la poitrine. Je ne trouvais plus de place de précepteur dans les maisons particulières, à cause sans doute de mon air maladif. Quant à entrer comme professeur dans une pension, il ne fallait pas y songer : je n'aurais pas tenu un mois à ce genre de vie.

Restaient les leçons particulières : j'en vécus deux ans à Paris, Dieu sait combien chétivement! Enfin je tombai malade, et je serais mort dans ma mansarde sans les soins du docteur Vaubernier, la bonté de M. l'abbé Deslions et la charité d'une sœur garde-malade.

ÉPILOGUE

—

15 septembre. — J'ai achevé aujourd'hui la rédaction de mes souvenirs. Ce petit travail m'a distrait et occupé, surtout pendant les premiers chapitres. C'est fini, et tout au plus ajouterai-je, chaque jour, quelques mots.

16 septembre. — Ma convalescence s'éternise; les forces reviennent avec une lenteur désespérante.

17 septembre. — J'ai craché du sang ce matin. Le docteur, que j'ai envoyé chercher, assure que c'est là un symptôme insignifiant. C'est le devoir des médecins de donner de la confiance aux malades. Le devoir du malade est de ne pas se bercer d'illusions dangereuses.

Raisonnons comme un homme, comme un chrétien, comme un bachelier qui a fait sa logique et l'a enseignée aux autres.

Est-il naturel qu'un convalescent crache du sang comme je le fais? Ou je me trompe fort, ou ma maladie aura déterminé une phthisie à laquelle me prédisposait déjà mon tempérament. A la garde de Dieu!

22 *septembre*. — L'abbé Deslions est venu; je l'ai prié de revenir samedi prochain pour me confesser. Je souhaiterais recevoir dimanche les sacrements.

23 *septembre*. — La sœur m'a demandé si je consentais à voir un monsieur qui habite la maison, j'ai accepté. Mon voisin m'a fait l'effet d'un homme bien élevé et d'un chrétien sincère. Il a eu pour moi de douces paroles, et m'a demandé la permission de revenir.

24 *septembre*. — M. X... est revenu, et m'a fait une lecture dans l'*Évangile* ce matin, et ce soir une autre dans l'*Imitation*. Mes yeux sont trop faibles pour déchiffrer les petits caractères de mes elzevirs.

25 *septembre*. — J'ai prié mon charitable

voisin de me lire une page de Virgile.
Quelle noble langue! quelle belle poésie!

29 *septembre*. — M. l'abbé Deslions m'a
porté aujourd'hui le saint viatique et
l'extrême-onction. Mon nouvel ami le
voisin, la sœur garde-malade, la vieille
portière étaient agenouillés au pied de
mon lit, et il m'a semblé voir des larmes
dans leurs yeux. Qu'ai-je fait à ces chrétiens pour qu'ils me portent tant d'intérêt?

Allons! du commencement de ma vie
jusqu'à la fin, on aura été bon pour le fils
du meunier de la Rochecave. La Rochecave! ô mon vieux village! ô mon joli moulin! ô mon îlot plein de verdure, de fraîcheur et de chants d'oiseaux! pourquoi
vous ai-je quittés?

2 *octobre*. — J'ai pensé aujourd'hui à tous
ceux qui m'ont aimé : à mon père et à ma
mère, à M. Lolive mon maître d'école, à
M. le supérieur de Saint-Gilles, à mon ami
Perrin, à M. le comte de Septfontaines et
à son fils Armand. Chers amis, nobles ou
douces figures, mon cœur me dit que vous
êtes au ciel. Oh! que j'aurai de joie à vous
y rencontrer!

3 octobre. — Je croyais atteindre la chute des feuilles, et je récitais, pour m'y préparer, la touchante élégie de Millevoye :

Tombe, tombe, feuille éphémère !

Des douleurs plus cuisantes et nouvelles m'avertissent que je n'irai pas jusque-là. C'est fini. J'ai prié la sœur de mettre ce manuscrit dans le tiroir de mon bureau. Je ne veux plus penser qu'à Dieu et à mon salut.

O mon Sauveur ! ô Vierge bénie ! prenez en pitié le pauvre bachelier !

FIN

TABLE

—

7931. — Tours, impr. Mame.